KB114129

올 스탯 슬레이어

올 스탯 슬레이어 2

비츄 장편 소설

초판 1쇄 찍은 날 §2015년 8월 21일
초판 1쇄 펴낸 날 §2015년 8월 28일

지은이 §비츄
펴낸이 §서경석

편집책임 §김현미

펴낸곳 §도서출판 청어람
등록번호 §제387-1999-000006호
등록일자 §1999. 5. 31
어람번호 §제1-2210호

주소 §경기도 부천시 원미구 부일로 483번길 40 서경B/D 3F (우) 420-822
전화 §032-656-4452 팩스 §032-656-4453
http://www.chungeoram.com
E-mail §chungeorambook@daum.net

ISBN 979-11-316-90380-9 04810
ISBN 979-11-316-90378-6 (세트)

올 스탯 슬레이어 ②

FUSION FANTASTIC STORY

비츄 장편 소설

도서출판 청어람

CONTENTS

올 스탯
슬레이어

CHAPTER 1

현석이 벌떡 일어섰다.

"노멀 모드라고? 누가?"

"나!"

"뭐?"

"나 노멀 모드 진입했다고!"

종원은 흥분한 나머지 침을 튀겨가며 열심히 설명을 시작했다. 이지 모드에서 노멀 모드로 넘어가면서 변화된 것들을 뽑아보자면 인벤토리의 생성과 H/P, M/P의 생성이라고 할 수 있었다. 그뿐만 아니라 스탯창에 공격력과 방어력이란 정보창이 추가되었단다.

사실상 이러한 것들은 어느 정도 예상했던 것들이었다. 현재 슬레이어 시스템은 온라인 게임과 매우 흡사한 방식으로 진행되고 있고, 그에 따라 사람들은 위의 열거한 변화들을 한 번씩은 생각해 보며 예측했었다.

그런데 사람들이 많이 예측하지 못했던 또 다른 변화도 하나 있었다.

"그러니까… 전격의 워리어… 라고?"

현석은 풉, 하고 웃었다가 이내 진지한 표정으로 물었다. 현석이 왜 풉, 하고 비웃었는지 아는 종원은 '내가 지은 이름 아니거든. 그냥 전격의 워리어라고 시스템이 그런 거거든' 이라며 잠깐 변명했다가 말을 이어갔다.

"알림에 따르면 이지에서 노멀로 넘어간 첫 번째 슬레이어래. 그래서 특별 보상 및 업적 인정으로 특수 클래스를 얻었다나 봐."

현석이 침음성을 삼켰다.

"특수 클래스라면……."

"일반 클래스도 있겠지."

흔히들 말하는 일반 클래스와 히든 클래스. 슬레이어 시스템에도 그러한 것이 적용되는 모양이다. 현석은 잠시 생각에 빠져들었다.

'전격의 워리어가 특수 클래스라면… 일반 클래스는 그냥 워리어인가……?'

아직 정확하게는 알 수 없었다. 현재 이지 모드에서 노멀 모드로 넘어간 사람은 종원뿐이었기 때문에 비교 분석해 볼 다른 대상이 없었다. 그러나 어느 정도 추측은 할 수 있었다.

"너 지금 힘 스탯이 얼마냐?"

"나? 공식적 세계 최고 기록, 72. 사실은 82야."

종원의 말을 빌리자면 원래 스탯을 올리는 건 엄청나게 힘든 일이란다. 그러다가 현석과 함께 슬레잉을 다니면서 '업적'을 쌓게 되었다.

'업적'은 쉬운 게 아니다. 현석처럼 말도 안 되는 능력치를 가진 게 아니라면 아주 힘든 일이다. 괜히 업적이라 불리는 게 아니니까.

대부분 쉬운 업적으로 인정되는 던전이 세계 각처에 널린 것도 아니고—한국의 경우 여태껏 도합 19개의 던전이 발견되었을 뿐이며 대부분을 현석이 깼다—그것 외에는 딱히 업적을 쌓을 수 있는 건더기가 없다. 현석의 경우나 특별하게 업적을 많이 쌓을 수 있는 거다. 그리고 종원은 현석과 함께 슬레잉을 다니면서 보너스 스탯을 굉장히 많이 얻을 수 있었고 힘 스탯을 72라고 발표했다. 그리고 그 기록은 아직까지 깨지지 않고 있다. 보너스 스탯이 원래는 얼마나 얻기 힘든 것인지 알 만한 대목이다.

현석이 말했다.

"아무래도 스탯 분배에 따라 클래스가 결정되는 것 같다. 넌 초반을 제외하면 무지막지하게 힘에 다 때려 박았잖아?"

"당연하지. 힘이 짱이지 근접 전투는."

대체적으로 근접 전투 슬레이어는 4가지 부류로 나뉜다. 가장 많은 부류는 힘을 위주로 올리되 민첩을 적절히 섞어 올려서 어느 정도 빠른 회피와 이동을 기본으로 한 공격형 슬레이어다.

그리고 또 다른 부류는 민첩을 위주로 올리되 힘을 적절히 섞어 올려서 최대한 빠른 회피와 이동 등을 장점으로 삼아 몬스터를 교란시키고 시선을 분산시키면서 공격하는 교란형 슬레이어다. 예전에 현석과 임시 길드를 수립했던 이채림이 이에 해당한다고 볼 수 있겠다.

세 번째는 체력을 집중적으로 올려서 맷집을 키우는 스타일인데 사실 위험하기도 하고 그다지 효용성도 없어서 이러한 슬레이어는 거의 없다고 봐도 됐다.

그리고 마지막 부류는 힘 스탯에 올인하는 부류인데, 이들은 몬스터의 공격을 한 대 혹은 두 대 정도는 허용할 각오를 하면서 큰 한 방을 노리는 부류다.

H/P 시스템이 아직 활성화되지 않았고 잘못하면 죽을 가능

성이 매우 높은 스타일이라 사실상 전투 슬레이어들이 가장 기피하는 형태의 공격형 슬레이어이기도 했다.

하종원이 어깨를 으쓱했다.

"내 판단이 옳았어. 이제 H/P가 활성화됐다고. 그럼 내가 언제 죽는지 알 수 있을 테고, 그러면 그냥 몸빵으로 밀어붙이면서 냅다 후려치는 게 짱이지."

"그럼 뭐하냐? 너 혼자 전투 필드 펼칠 수 있는 게 몇 분인데?"

하종원은 전투 필드를 펼칠 수 있는 시간이 매우 짧다. 전투 필드 개방의 스킬레벨이 4에 도달했기 때문이다. 이젠 30초도 안 된다. 전투 필드 레벨이 1이었을 때에는 3분은 되었는데 전투 필드 레벨이 높아질수록 반경은 넓어졌지만 시간은 더 짧아졌다.

더 좋은 전투 필드를 펼칠 수는 있는데 M/P가 딸려서 못쓰는 것과 비슷한 이치라고 할 수 있었다.

"민서 있잖아, 민서. 민서랑 같이 다니면 되지 뭐가 문제야?"

하종원은 별일 아니라는 듯 쿡쿡대고 웃었다.

민서의 경우는 지성을 위주로 올리되 민첩을 골고루 섞어서 올리고 있다. 불의의 사고를 대비하기 위해서 민첩을 올리고는 있는데, 사실상 이것도 현석이 강요해서 그렇지 민서는 지성에 많은 스탯을 투자하고 있는 중이었다.

현석이 물었다.

"노멀 모드에는 어떻게 진입했는데?"

"노멀 모드 진입퀘스트가 뜨던데?"

"노멀 모드 진입퀘스트?"

현석은 고개를 갸웃했다. 그는 튜토리얼 모드에서 이지 모드로 강제 전향됐다. 따라서 진입퀘스트를 해본 적이 없다. 하지만 종원은 튜토리얼에서 이지 모드로 넘어올 때 이 퀘스트를 통해 넘어왔다.

"어, 오크 가죽 10개랑 그린스톤 3개, 트윈헤드 오크의 몽둥이 5개를 구하고 오크를 총 30마리 잡는 퀘스트였는데, 전과 인정이더라."

"전과 인정이 뭐야?"

"그러니까 너랑 예전에 잡았던 거. 더 정확히 말하자면 네가 던전 안에서 잡았던 오크들도 내가 한 업적으로 인정돼서 퀘스트 뜸과 동시에 클리어됐던데?"

"뭐냐? 사기네 그럼."

종원은 어이없다는 듯 현석을 쳐다봤다. 사기란다. 운이 좋은 건 맞는데, 현석 입으로부터 그런 말을 듣고 싶지는 않았다. 똥 묻은 개가 겨 묻은 개 나무라는 격이 아닌가. 그런데 현석의 얼굴이 조금 굳어졌다.

"야, 너 근데……."

종원이 벌떡 일어섰다. 현석이 작게 말했다. 속으로 생각만 해도 되는데 굳이 육성으로 말했다.

"전투 필드 개방."

현석은 지성 스탯이 100을 넘긴, 현재로선 유일무이한 슬레이어고 전투 필드를 자기가 원할 때에 아무 때나 펼칠 수 있다. 현석의 몸이 사라지는가 싶더니 문 앞을 막아섰다.

"너 그린스톤 3개 없었잖아?"

현석이 씨익 웃었다. 이거 딱 봐도 견적 나온다. 아마 민서를 시켜서 그린스톤 3개를 몰래 빼내왔을 거다. 현석의 집엔 그린스톤이 쌓여 있으니까.

사실 현석도 정확한 개수는 잘 모른다. 아무도 이런 평범한 투 룸에 그린스톤이 쌓여 있을 거라곤 생각하지 못할 거다.

현석이 장난삼아 문을 툭 건드렸다. 그러자 꽝! 하고 폭탄이 터지는 듯 거대한 소리가 터져 나왔다. 그것도 철문에서 말이다. 철문이 실제로 터지지는 않았다.

전투 필드 내에서는 물리력이 발동하지 않으니까. 일종의 효과음이다. 종원의 얼굴이 핼쑥해졌다.

"씨, 씨팔……. 너 새끼가 치사하게, 연약한 일반인 상대로 뭐 하는 짓이냐!"

누군가 들었다면 기함을 토할 비명이다. 공식적인 힘 스탯 세계 1위. I'UET 출신으로 현재 한국 유니온의 제2인자 자리를 맡고 있는, 한국 내 최고로 유명한 슬레이어라 할 수 있는, 특수 클래스 전격의 워리어로 전직하게 된 하종원은 현석 앞에서 연약한 일반인 행세를 했다.

"씨팔, 거 되게 쪼잔하게 구네. 초고수가 쪼렙한테 템 좀 떨구면 뭐 어디가 덧나냐?"

"말을 하고 가져가야지 새끼야."

종원이 인상을 팍 찡그렸다.

"너 기억 안 나냐? 옛날에 우리 집에서 팬티랑 양말 몰래 훔쳐 입고선 친구끼린 이런 게 당연한 거라며! 씨발놈아!"

"속옷이랑 그린스톤이랑 같냐! 그리고 그게 언제 적 일이냐?"

"몰라 새꺄! 한 10년 됐겠지. 그리고 팬티나 그린스톤이나. 네가 아까 내 전화를 안 받았잖아. 바빠 죽겠구먼."

하종원은 민망한 듯 밖으로 나섰다. 현석은 멀어져 가는 친구의 뒷모습을 바라보며 피식 웃었다.

'그래서 아까 난데없이 5억 입금했구만.'

아까 문자가 온 걸 확인했던 게 기억났다. 황당한 건 종원이 저만치 멀리서,

"아 맞다. 야, 5억 입금했다! 말하는 거 깜빡했다! 확인해 봐!"

라고 뒤늦게 생각난 듯 소리치고 있었다는 거다. 어릴 적부터 친구이긴 하지만 종원의 머릿속을 도무지 모르겠다고 생각하며 피식 웃은 현석은 소파에 앉았다. 혹자가 보면 말도 안 되

는 상황이라며 혀를 끌끌 찰지도 모르겠다만 현석과 종원에게 있어선 그닥 문제될 행동은 아니었다.

'이런 얘기가 밖에 새어나가면 욕 엄청나게 먹을 텐데.'

종원은 개념 없다고, 자신은 호구라고 욕을 할 가능성이 매우 높은 상황이라는 걸 머리로는 아는데 딱히 기분은 나쁘지 않았다. 오히려 그런 사람들을 보면 진짜 의지하고 신뢰할 만한 친구가 없기 때문이지라고 종원과 자신의 행동을 합리화한 현석은 생각에 빠져들었다.

'그렇다면 슬슬 노멀 모드에 진입하는 다른 슬레이어도 생겨나겠지.'

지금 대부분의 사건이 한국에서 시작되고 있다. 우연인지 아닌지 확인할 길은 없으나, 결과가 그랬다.

'지금의 난이도가 이지 모드의 한계라는 뜻인가?'

현재 나타난 던전들은 공략이 오래 걸려서 그렇지 아주 위험한 수준의 난이도는 아니다.

현석 같은 경우는 들어갔다 하면 순식간에 클리어를 할 수 있다. 현석이 가세하여 원래 규정된 시간보다 빠르게 클리어하면 '조금 어려운 업적' 혹은 '어려운 업적' 정도의 보상을 받게 되기는 했는데, 그 말은 즉 '불가능한 업적'은 아니라는 뜻이었다.

현석 외에 누군가도(혹은 다수가) 어렵긴 하지만 분명 가능하다는 얘기였다. 공략법만 잘 찾는다면 말이다.

어쨌든 현재의 이 난이도가 이지 모드의 한계선이라고 생각했다.

'나 같은 경우는… 아마 승급 퀘스트가 없겠지.'

튜토리얼에서 이지 모드로 넘어올 때도 스탯이 너무 높아 어쩔 수 없이 강제 전향됐다. 그리고 그 페널티를 안게 되어 레벨 및 경험치 시스템이 제한됐다. 더 강해질 수 있는 방법이 사라진 셈이다. 업적 시스템을 제외하고 말이다.

현석은 성형으로부터 몬스터 디텍터를 하나 받아서 보스 몬스터가 나타나는 곳으로 혼자 슬레잉을 나서거나 시간이 될 때면 민서와 평화, 종원을 데리고 슬레잉을 다녀 업적을 쌓았는데 덕분에 현재 잔여 스탯은 무려 320이나 됐다.

그런데 이제 슬슬 업적 시스템의 적용도 힘들어지고 있다. 바로 어제 있었던 일이다. 현석은 운 좋게 새로이 생긴 던전 하나를 빠르게 찾아 아주 빠르게 클리어해 버렸다.

그런데 그 던전은 난이도가 제법 높은 던전이었던 모양이다. 이지 모드에서 어려워봤자 현석의 경우엔 거기서 거기다.

2+2=4만 아는 어린아이에게는 2×2가 어려운 법이지만, 성인에게는 2+2나 2×2나 어차피 별로 차이가 없다. 그것과 같은 이치로 체감하는 난이도는 다를 게 없었는데 불가능한 업적이었단다.

[불가능한 업적을 달성했습니다.]

[보상으로 보너스 스탯 +50이 주어집니다.]

[이지 모드 규격 외 스탯의 페널티로 인해 50퍼센트가 차감되어 지급됩니다.]

여기까지는 평소와 비슷했다.

[불가능한 업적 달성의 횟수 10회 달성이 완료되었습니다.]

[이 또한 불가능한 업적으로 인정됩니다.]

[불가능한 업적 달성으로 인하여 보너스 스탯 100이 주어집니다.]

[페널티로 인하여 50퍼센트 차감된 스탯이 주어집니다.]

[불가능을 개척하는 자의 칭호를 얻습니다.]

여태껏 현석이 느낀 것이 한 가지 있다.

슬레이어 시스템은 '연속 되는 행위' 혹은 '일정 숫자'—이를테면 10, 30, 100등—에 따라 업적을 차등 분배한다는 것이었다. 어쨌든 현석은 불가능한 업적 달성을 10회나 이루었고 덕분에 보너스 스탯을 무려 100이나 받았다. 페널티에 의해 50으로 깎이기는 했지만 말이다.

여기까진 좋다. 그런데 문제가 한 가지 남았다.

[더 이상 업적 시스템이 적용되지 않습니다.]

더 이상 업적 시스템이 적용되질 않는다는 거다. 경험치 시스템과 레벨 시스템이 제한된 상태에서 현석이 강해질 수 있는 길은 업적 시스템 뿐이라고 할 수 있었는데, 이제 그것마저 제한되어 버린 거다. 마치 운영자가 버그를 발견하고 제재를 가해 버리는 것처럼 말이다.

'이지 모드에서는 더 이상 내가 얻을 수 있는 게 없어.'

그렇다면 이지 모드가 아닌, 그보다 상급의 모드로 넘어가야 한다는 뜻이다. 안 그래도 그것 때문에 걱정하던 찰나였는데 종원이 노멀 모드로 넘어가게 된 거다.

'내가 이런 걸 걱정하고 있다니……. 변하긴 변했구나.'

원래 슬레이어가 될 생각이 아예 없었다. 그런데 막상 하다 보니 더 강해질 수 없다는 생각에 괜히 아쉽고 마음이 어려워졌다. 절망까진 아니어도 그 비슷한 감정을 어제 느끼기도 했다.

'그렇다면 내게 남은 건… 강제 전향뿐인가.'

강제 전향. 그런데 강제 전향 조건을 모른다. 아마도 스탯 포인트를 또 엄청나게 올리면 가능할 거 같긴 하다. 시스템상 200 혹은 300을 찍으면 가능할 것 같은 기분이 든다.

'가만⋯ 새로운 칭호가 하나 있었었지.'

업적 시스템의 제한으로 인해 약간의 그로기 상태(?)에 빠져 있었던 현석은 그제야 끝에서 잠깐 들려왔던 알림음을 떠올릴 수 있었다.

스탯창을 열어봤을 때, 현석은 치트키 그 자체라고 할 수 있는 그 스스로도 기절할 뻔 했다.

"미⋯ 미친⋯⋯! 이게 뭐야!"

종원보고 사기라고 욕했는데 진짜 사기는 여기 있었다.

CHAPTER 2

'불가능을… 뭐였던 것 같은데.'

현석은 스탯창을 열었다. 새로이 얻게 된 칭호는 '불가능을 개척하는 자'였다. 원래라면 불가능한 업적을 10회 쌓으면 얻게 되는 칭호였다.

〈스탯창〉

1. 이름: 유현석

2. 나이: 30

3. 신장: 181㎝

4. 체중: 82㎏ ―BMI: 과체중

5. 직업: 슬레이어 (5/5)

(트윈헤드 오크 슬레이어) ―힘이 1증가합니다. 오크 슬레이어 칭호효과로 인해 효과가 상쇄됩니다.

(하루살이 슬레이어) ―민첩이 1 증가합니다.

(벌 슬레이어) ―민첩이 1 증가합니다. 하루살이 슬레이어 칭호효과로 인해 효과가 상쇄됩니다.

(개미 슬레이어) ―민첩이 1 증가합니다. 하루살이 슬레이어 칭호효과로 인해 효과가 상쇄됩니다.

(오크 슬레이어) ―힘이 1증가합니다.

* 장사 ―힘 스탯 100 최초 진입으로 인한 칭호(보너스 스탯: 3)

* 날쌘돌이 ―민첩 스탯 100 최초 진입으로 인한 칭호(보너스 스탯: 3)

* 현인 ―지성 스탯 100 최초 진입으로 인한 칭호(보너스 스탯: 3)

* 돌쇠 ―체력 스탯 100 최초 진입으로 인한 칭호(보너스 스탯: 3)

* 불가능을 개척하는 자 ―불가능한 업적 10회 달성.(보너스 스탯: 잔여 스탯의 100% 추가 지급)

6. 전투 능력(현재 잔여 스탯 포인트 395+395)

(1) 힘 : 101 ―근력에 영향을 미칩니다. 근력은 물리 공격력을 결정하는 가장 중요한 요소입니다. 체력에도 영향을 끼치며 힘 1당 H/P가 10포인트 증가합니다.

(2) 지성: 100 ―지능에 영향을 미칩니다. 지성은 비물리 공격력을 결정하는 가장 중요한 요소입니다. 정신력에도 영향을 끼치며 지성 1당 M/P가 10포인트 증가합니다.

(3) 체력: 100 ―지구력에 영향을 미칩니다. 체력은 H/P와 스태미나를 결정하는 가장 중요한 요소입니다. 체력 1당 H/P 40포인트 증가합니다.

(4) 민첩: 101 ―민첩성에 영향을 미칩니다. 민첩은 회피율과 공격 적중률을 결정하는 가장 중요한 요소입니다. 민첩 1당 회피율과 적중률이 10포인트 상승합니다.

7. 비전투 능력

(1) 정력: 50 ―정력에 영향을 미칩니다. 정력을 결정하는 가장 중요한 요소입니다. 정력 1당 스태미나가 1포인트 증가합니다.

슬레이어 칭호는 총 5개까지 적용이 가능하다. 또한 동일 효과를 주는 효과들이 서로 상쇄되는 바람에 결국 얻게 된 건 힘 스탯 1과 민첩 스탯 1. 하지만 그건 중요한 게 아니었다.

최초 스탯 100을 통해 칭호를 얻었다. 그에 따른 보너스 스탯을 3씩 주었다.

쉬운 업적에 해당하는 보너스 스탯이었다.

실제로 현석은 100까지 올리는데 크게 고생하지도 않았다. 시간이 조금 걸렸을 뿐이지 전기 파리채와 에프킬라라는 매우 훌륭한 아이템이 있었으니까. 시간이 조금 걸렸을 뿐, 어렵진 않았다.

그런데 이번 업적도 사실 현석에게는 어렵지 않았다. 그런데 업적 판정이 '불가능한 업적들' 이었고 그에 따른 보너스 스탯은 엄청났다. 현석은 이지 모드에서 '불가능 업적' 과 같은 업적들을 쉽게 얻기 위해 일부러 스탯을 투자하지 않고 모으는 중이었다. 노멀 모드로 강제 전향되지 않기 위해서 말이다.

그런데 이지 모드의 난이도가 한계에 다다랐을 무렵, 현석은 불가능한 업적을 10회 달성함으로써 업적 시스템에까지 페널티를 받게 됐다.

그 페널티를 받는 대신, '불가능을 개척하는 자' 라는 칭호를 얻게 됐다.

다행히 업적 시스템에 따른 보상, 그중에서도 특히 불가능한 업적의 보상은 보너스 스탯을 상당히 많이 준다.

현석의 잔여 스탯은 무려 395. 50퍼센트의 페널티를 받는다는 것을 감안하면 불가능한 업적의 원래 보상은 790에 이른다는 소리다.

"불가능을 개척하는 자⋯⋯."

현석은 한동안 멍하니 그에게만 보이는 스탯창을 멀뚱멀뚱 쳐다봤다. 이건 말도 안 된다. 불가능을 개척하는 자라는 칭호의 보너스 스탯은 다른 것들처럼 일정한 수치가 아니었다. 현재 가진 잔여 스탯의 100퍼센트를 보상하는 방식이었다.

그 말은 즉, 여태껏 받아왔던 페널티를 고스란히 되돌려받을 수 있다는 뜻이다. 스탯을 하나도 사용하지 않았다는 가정하에 말이다.

그리고 그 가정은 현석에게 완벽하게 부합되는 가정이었다. 실제로 현석은 잔여 스탯을 하나도 올리지 않았으니까.

시스템은 이지 모드 규격을 초과한 현석에게 페널티를 부과했지만 그 페널티를 극복할 방안도 만들어 놓았다는 뜻이었고 현석은 그 기회를 잡은 셈이었다.

운이 좋았다라고 밖에는 표현할 길이 없었다. 나름대로 머리를 굴렸는데 그게 제대로 먹혀들었다.

'만약 내가 잔여 스탯을 모두 올렸었더라면……'

만약 그랬다면 불가능을 개척하는 자에 대한 보상은 0이었다. 이건 말 그대로 대박이었다. 마치 현석을 위해 만들어진 보상 같았다.

'그럼… 내 잔여 스탯은……'

누가 봐도 헉 소리가 나올 정도였다. 현재 현석이 가진 잔여 스탯은 무려 790이었다.

'이 정도면… 노멀 모드로 접어들 가능성이 있다!'

현석은 조심스레 스탯을 하나씩 올리기 시작했다.

*　　　　*　　　　*

주말이 됐다. 여느 때처럼 민서는 서울로 올라왔다.

현석은 기분도 낼 겸, 이번에 새로 장만한 따끈따끈한 신차인 벤츠 E클래스 카브리올레를 타고서 터미널로 향했다. 하종원에게 통이 작다고 타박을 들으며 구입한 자동차이기는 하지만 주변의 시선을 잡아끌기엔 충분하고도 넘쳤다.

터미널에 도착해 민서를 태우고 다시 집으로 향했다. 그런데 현석은 운전하다가 사고를 낼 뻔했다. 옆에 타고 있던 민서가 버럭 소리를 질렀기 때문이다.

"뭐야 오빠! 그걸 왜 이제야 말해!"

"……"

"오빠 미워!"

"어후, 깜짝이야. 오빠 귀청 떨어지겠다."

현석은 그간 있었던 일에 대하여 설명했다.

현석은 보너스 스탯을 하나씩 올리기 시작했었다. 일단 어느 정도까지 스탯을 올려야 노멀 모드로 강제진입이 되는 건지 알수 없기 때문에 하나를 중점적으로 올려야 했다.

그래서 선택한 것이 다름 아닌 힘. 노멀 모드에 들어서게 되면 H/P와 M/P가 구체적인 수치로 나타난다고 했다. 다른 말로 H/P를 확실하게 알 수 있으면 어느 정도 강도로 맞으면 위험하고, 어느 순간이 위험한지 확실히 알 수 있다는 뜻이다.

어쨌든 구체화된 H/P는 어느 정도 안전을 장담해 줄 수 있는 양날의 검이 된 셈이다.(고통이 느껴지지 않는 상황에서, H/P 관리를 제대로 안하면 자기도 모르게 죽어버리는 수가 있다.)

민서가 황당하다는 듯 물었다.

"그니까 힘 스탯이 200이 되니까 노멀 모드로 강제 전향됐다고?"

"응."

"그리고 노멀 모드에 어울리지 않는 너무 높은 스탯이라 잔여 스탯이 사라질 위기에 처했었다고?"

"응."

"근데 다행히 안 사라지고 균등 분배됐다고?"

"맞아."

민서는 현석의 말을 듣고 안도의 한숨을 내쉬었다. 노멀 모드로 강제진입 되면서 몇 가지 페널티를 얻게 됐단다. 이지 모드로 강제 전향했을 때의 페널티와 같았고 한 가지가 더 추가되었는데 바로 잔여 스탯의 무효화였다.

정확히 말하자면 30초 내에 스탯 분배를 하지 않으면 모두 사라져 버린다는 것이었는데, 이에 항상 밸런스를 강조해 오던 현석은 나머지 스탯을 모두 똑같이 균등 분배해 버렸다. 790포인트 중 100포인트를 힘 스탯에 사용한 덕분에 힘은 201까지 증가했고 알림음도 들려왔다.

[힘 스탯 200 포인트를 최초로 획득하였습니다. 장사의 칭호가 장사+1로 업그레이드됩니다. 보너스 스탯 60이 주어집니다.]

그리고 남은 잔여 스탯이 무효화되기 전에 690포인트를 모든 스탯에 균등 분배해 버렸다. 그가 직접 올린 게 아니라 그 방법을 떠올리자 정말로 그렇게 하겠냐는 알림음이 들려왔고 마음이 급했던 현석은 그저 Y를 선택했을 뿐이다. 다행이라면 다행인 일이었다.

덕분에 힘, 민첩, 지성, 체력, 정력. 5가지 스탯에 각각 138포인트씩 분배가 되어 힘 339, 민첩은 239, 지성 238, 체력 239, 정력 188이라는 어마어마한 수치를 기록할 수 있었다.

처음 예상과는 다르게 힘 스탯 300을 넘겨 버렸다. 스탯이 어마어마하게 높아져 버린 것이다. 그런데 여기서 끝이 아니었다.

[힘 스탯 300 포인트를 최초로 획득하였습니다. 장사의 칭호가 장사+2로 업그레이드됩니다. 보너스 스탯 24가 주어집니다.]
[민첩 스탯 200 포인트를 최초로 획득하였습니다. 날쌘돌이의 칭호가 날쌘돌이+1로 업그레이드 됩니다. 보너스 스탯 60이 주어집니다.]

[지성 스탯 200 포인트를 최초로 획득하였습니다. 현인의 칭호가 현인+1로 업그레이드 됩니다. 보너스 스탯 6이 주어집니다.]

[체력 스탯 200 포인트를 최초로 획득하였습니다. 돌쇠의 칭호가 돌쇠+1로 업그레이드 됩니다. 보너스 스탯 6이 주어집니다.]

몬스터 슬레이어의 칭호 이외에 그가 갖고 있던 칭호들이 하나하나 업그레이드되면서 도합 48의 잔여 스탯이 생겼다. 현석은 이번에도 스탯을 올리지 않고 가만히 두기로 했다. 노멀 모드에도 페널티가 분명히 존재하는데, 잔여 스탯을 함부로 낭비할 수 없기 때문이다.

만약 다른 것들처럼 '불가능을 개척하는 자'의 칭호가 +1 혹은 +2가 된다면 무슨 일이 벌어질지 알 수 없었다. 잔여 스탯은 남겨놓는 게 여러모로 현명한 선택이 될 터였다.

칭호가 업그레이드되는 걸 알았다.

그렇다면 불가능을 개척하는 자의 칭호 역시 업그레이드될 거다. 다른 칭호들과 똑같은 룰을 따르고 있는 건지는 모르겠으나 칭호의 처음 보너스 스탯이 3이었고 +1이 6의 보너스 스탯을 줬다. 그런데 +2가 되자 무려 24의 보너스 스탯을 줬다.

'3의 2배…… 그리고 6의 4배인가…… 이런 식이면 기하급수적으로 높아질 텐데.'

정확하게 이 법칙을 따른다고 확신할 수 없었지만 어쨌거나 칭호가 업그레이드되면 될수록 그 효과는 엄청나다고 할 수 있을 것 같았다.

방향성은 정해졌다. 현석이 말했다.

"방향성은 확실해. 나는 일반적인 레벨이나 경험치 시스템을 통해 강해질 수가 없어. 업적을 많이 쌓아야 하는 거야."

민서가 활짝 웃으며 자신의 오빠를 바라봤다.

민서는 커다란 두 눈을 끔뻑거리며 말은 하지 않고 속으로만 생각했다.

'오빠… 변했네?'

그리고 그녀의 입에서 질문이 속사포처럼 쏟아져 나왔다.

"오빠, 근데 그럼 오빠 H/P는 몇이야? 그리고 전투 필드 개방 레벨은 몇 됐어? 진짜 우리 예상대로 그… 공란에 소모 M/P가 나타났어? 새로 생긴 스킬은? 그리고 공격력이랑 방어력 같은 것도 추가 된다면서? 뭐야 오빠. 얼른 말해줘. 나 궁금해 죽겠어."

＊　　　　＊　　　　＊

노멀 모드에 진입했다.

현석의 현재 힘 스탯은 339, 지성 238, 체력 239, 민첩 239이다. 그리고 노멀 모드에 진입하면서 H/P와 M/P가 활성화되었다.

힘 스탯 1당 H/P 10이 증가하고 체력 1당 H/P가 40포인트 증가한다는 설명이 써 있었다. 현재 현석의 H/P는 약 10만 7천 정도 되었는데 단순 계산으로는 이 수치가 나올 수 없었다. 애초에 초기 H/P가 얼마인지는 알 수 없으나, 힘 스탯 1당 10 증가로 계산하여 약 3,300 만큼 H/P가 증가했다고 생각하고 또 체력 스탯 1당 40 증가로 계산하여 약 10,000만큼의 H/P가 증가했다고 가정한다면 대략 13,000가량의 H/P가 있어야 맞는 거다.

그런데 현재 H/P는 그것의 무려 8배. 그러니까 약 800퍼센트 정도 더 높았다.

'H/P가 10만이라……. 미쳤군. 선형적인 변화로는 절대 불가능한 수치야. 그렇다면 스텝 업 구간이 있다는 뜻인데.'

연속적으로 변화하는 것이 아니라, 어느 구간에 이르면 갑자기 확 증가하는 구간이 있다고 생각한다면 10만이라는 수치를 이해할 수 있다.

지금 당장은 잘 모르겠으나 H/P에 가장 큰 영향을 끼치는 것이 바로 체력 스탯이고 체력 스탯의 엄청난 증가가 H/P의 비약적 상승을 가져왔다고 가정할 수 있었다. 예를 들어 체력 100을 돌파하는 순간, 100퍼센트만큼의 H/P 뻥튀기가 있다거나.

칭호시스템도 비슷하지 않았던가. 일반 칭호일 때 +3, +1 칭호일 때 +6, 그리고 +2일 때 24였다.

'100을 돌파하면 2배, 또 200을 돌파하면 4배, 이렇게 가정하면 지금의 내 H/P가 어느 정도 설명이 가능해.'

확실하지 않다. 그래서 이번엔 대조군으로 알아보기 위해 M/P를 살펴봤다. 현재 현석의 지성 스탯은 238. 그렇다면 단순 계산으로는 약 2,300을 조금 넘는 M/P를 보유하고 있어야 했다.

'어디보자… 내 M/P가 2만 1천 정도……'

지성 스탯에 의한 증가량은 2,380으로 잡으면 된다.

초기 M/P값을 대략 200 정도로 가정한다면 단순계산에 의한 M/P 값은 약 2,600가량이 되었어야 했다. 하지만 2만이 넘었다.

'S/P는……'

S/P의 경우는 약 400으로 굉장히 초라한 수치를 가지고 있는데 정력 스탯 1당 S/P가 1포인트 오른다는 것을 기반으로 생각하면 현석의 가정이 그럴듯하게 들어맞는 수치였다. 정력 스탯에 기반하여 생각한다면 현석의 가정이 어느 정도 그럴듯하게 적용된다고 볼 수 있었다.

종원을 불러 그 이야기를 하니 종원은,

"역시 한 스탯에 올인 하는 게 짱이었어."

라면서 우쭐대다가 현석을 보고 퉤! 하고 침을 뱉는 시늉을 했다.

"원래는 한 스탯 올인해야 100 겨우 찍고 그렇게 업그레이드가 되는데 넌 뭐냐? 왜 모든 스탯이 죄다 100, 아니, 200이 넘냐? 미친 거 아냐?"

"억울하면 너도 불가능한 업적들을 깨시든가요."

"불가능이 왜 불가능인데, 미친놈아! 불가능하니까 불가능이
잖아!"

"난 가능하던데?"

"그거야 너는 규격 외 치트키를 쓰니까 그렇지! 씨팔! 치트키
쓰면 모든 게 가능해. 쇼 미 더 머니다 개새끼야!"

종원은 못내 억울한 듯 목소리를 높였지만 이내 피식 웃었
다.

"그래서 너 클래스는 뭐로 정해졌냐?"

노멀 모드에 진입하면서 클래스가 세분화되었고 종원은 현재
전격의 워리어라는, 약간 웃기기도 한 클래스를 가지게 됐다. 현
석이 멋쩍게 웃었다.

종원이 인상을 찡그렸다.

"왜? 완전 킹왕짱 슈퍼 강한 히어로라도 되냐?"

"아니 그런 건 아니고……."

"왜 뭔데? 말해봐. 궁금하잖아. 참고로 내 클래스는 S클래스
다. 확실하진 않아도 S 정도면 엄청 좋은 거 아니겠냐?"

현석이 뒤통수를 긁적거렸다.

"올 스탯 슬레이어라는데?"

"그게 뭐여?"

"몰라 나도. 그렇게 써 있어."

"모든 스탯을 그렇게 괴물같이 올리니까 그딴 클래스가 뜨나 보다."

"그런가봐. 좋은 거겠지?"

"……"

종원은 할 말을 잃었다.

＊　　　　　＊　　　　　＊

종원은 한국 내에서, 아니, 어쩌면 세계 최초로 노멀 모드에 진입하게 됐다. 어째서 '어쩌면'이라는 단서가 붙느냐하면 세계에는 아직 슬레이어로 등록하지 않고 살아가는 사람들도 많기 때문이다. 물론, 노멀 모드에 진입하려면 꽤나 어렵기 때문에 어느 정도 이름이 알려질 가능성이 높다. 그렇다 보니 종원은 최초의 노멀 모드 진입 슬레이어로 또다시 유명세를 탔다.

물론 그거야 사람들의 생각이고 현석과 종원은 알고 있다. '전격의 워리어'라는 특수 클래스를 얻을 수 있었던 건 종원이 최초로 노멀 모드에 진입했기 때문이고 그 말은 즉 전 세계에서도 종원이 최초라는 뜻이다.

처음에는 솔로 오크 슬레잉으로 유명세를 타더니 그 이후엔 척살조를 운영하며 유명해지고 일본 최고의 길드인 이치고의 길드원들을 구출하여 공식적인 감사패를 받았다. 그뿐만 아니라 그가 만든 척살조가 한국의 유니온으로 발돋움하면서 더더욱 유명해졌으며 이번에는 최초로 노멀 모드에 진입했다 하여 유명세를 탔다. 이제는 명실공히 한국 내 최고의 슬레이어로 인정받고 있는 분위기다. I'UET를 소유한 한진도 이를 마케팅에 적극 활용했다. 하종원은 어지간한 연예인보다도 뜨거운 인기를 누리게 됐다. 곳곳에서 CF요청이 쇄도할 정도였다.

그러던 차.

〈노멀 모드 슬레이어, 하종원. I'UET 탈퇴!〉
〈I'UET 내의 갈등? 질투와 시기의 희생양이 된 것인가!〉
〈최고의 슬레이어 하종원. 이후 그가 몸담을 곳은 어디인가!〉

이슈가 되는 건 두 가지였다. 하나는 하종원이 I'UET를 탈퇴한 이유였고 또 하나는 하종원이 이후에 몸담을 길드가 어디인가 하는 것이었다.

현석이 말했다.

"너 같은 놈이 여기 들어와 있다는 거 동네방네 소문내면 우리 순식간에 유명해진다. 나한테도 관심 쏟아지고 인터뷰 요청 쇄도할 거야. 우린 어딜 가나 주목받겠지. 귀찮아."

절대적으로 안 된다는 뜻은 아니다. 다만 조금 귀찮다. 득보다는 실이 많다는 뜻이다. 하종원이 들어온다면 인하가 주목받을 거고 지나친 관심과 주목은 행동의 자유를 제한한다.

"나는 솔로 플레이를 하겠다고 할게. 제발 연약한 나를 쫓아내지 말아줘."

"아, 귀찮은데……."

한국 내 최강의 슬레이어라 알려진 하종원. 솔로 플레이를 하겠다고 해도 웬만한 사람들은 믿을 법한 실력자인 하종원은 소꿉친구인 현석에게 애걸복걸했다.

"야! 솔직히 나 정도의 전력이 포함되면 좋은 거지!"

"너 정도의 전력?"

현석이 전투 필드를 펼쳤다. 하종원이 기겁했다.

"아니. 너를 제외하고, 인마. 비겁한 새끼야! 연약한 사람 괴롭히면 천벌 받는다!"

"다행이다. 덤벼들면 어쩌나 했는데. 나 아직 힘 조절 제대로 안 된다."

"연습 좀 하라고!"

"이게 하루 이틀 해서 되는 줄 알아? 그리고 좀 강한 몬스터가 있어야 제대로 연습을 할 텐데, 죄다 그냥 픽픽 죽어버리는 걸 나보고 어쩌라고? 걷기도 힘들구먼."

남들이 들으면 배부른 고민이지만 아직 트윈헤드 오크보다 상위 급의 개체는 나타나지 않았고 그 탓에 현석은 제대로 싸우질 못했다. 뭔가 싸우는 느낌이라도 있어야 전투에 익숙해질 텐데 그런 것도 아니다. 애초에 이제 이지 모드에 속한 몬스터들은 현석을 건드리려고 하지도 않았다.

"몰라. 난 어쨌든 너 따라다닌다."

그런데 소문이 조금 이상하게 났다. 종원이 '인하'라는 길드를 새로이 창설했는데 거기에는 소꿉친구인 현석과 현석의 여동생, 그리고 종원의 애인이라 짐작되는 강평화가 소속되었다는 거다. 인터넷상의 '카더라' 통신이지만 어느 정도 설득력이 있다고 판단되었는지 사람들은 이 말, 저 말을 나르기 시작했다.

분명 인하엔 종원이 예전부터 포함되어 있었고 길드장은 현석이었었는데 그런 사실관계 따윈, 대중에겐 아무래도 중요하지 않은 듯했다.

―*I'UET* 내에서 된통 당했대. 그래서 이제 믿을 수 있는 사람들하고 다니기로 한 거야. 실력은 둘째 치고.

―와, 슬레이어 세계에서도 인맥이 중요하네. 솔직히 쟤네는 땡 잡은 거잖아.

―운 좋은 거지. 하종원이랑 같은 길드에 소속되어 있다니.

―근데 하종원이 *I'UET* 탈퇴하기 이전에 이미 인하 길드를 만들어놓은 모양이야. 만들어놓은 다음에 *I'UET*를 탈퇴했대.

그리고 2일이 지난 후에, 또 다른 충격적인 소식들이 전해지기 시작했다.

〈충격! I'UET 전원 길드 탈퇴!〉
〈하종원에 이은 슬레이어들의 반란!〉
〈대기업 소속 길드원들. 줄줄이 탈퇴 선언!〉
〈무엇이 이들을 탈퇴로 이끌었나!〉

CHAPTER 3

처음에 슬레이어의 세계, 더 엄밀히 말하면 '길드'라는 제도는 대기업의 후원 아래 생겨났었다. 대기업 속에 속하면서 안정적인 연봉과 수입을 얻게 됐다. 슬레이어의 세계란 일종의 엔터테인먼트적인 요소도 가지고 있었다.

슬레잉은 슬레잉만으로도 돈이 된다.

슬레잉만으로도 일단 벌이가 되는데, 지금은 슬레이어를 응원하는 일종의 팬클럽도 만들어진 상태다. 하종원 같은 경우는 CF섭외도 엄청나게 많이 들어왔다.

그냥 스포츠 스타도 상업성을 갖는데, 심지어 슬레잉은 목숨을 걸고 해야만 하는 거다. 따라서 슬레이어에 대한 대중의 동경이 더해져 대단한 스타성이 탄생하기도 한다.

슬레잉은 분명 게임이 아니지만, 일반인들에게는 게임처럼 느껴지는 것도 사실이다. 세계에 존재하는 몬스터와 그를 사냥하는 슬레이어. 내용만 놓고 보면 게임처럼 느껴지긴 하니까.

어쨌든 사람들은 슬레이어에게 열광하고 있고 슬레이어는 스포츠 선수보다 훨씬 더 큰 이미지 파워를 갖게 됐다. 팬의 범위가 슬레잉이 스포츠보다 훨씬 넓기 때문이다.

그러한 이유로 인해 각 재단은 길드를 만든 것을 굉장히 잘한 선택이라고 자평했다. 길드를 만들자고 최초로 제안했던 사람들은 고속 승진을 했다. 특히나 한진 같은 경우는 I'UET의 덕을 톡톡히 봤다. 한국에서 가장 유명한 슬레이어 집단이었으며 세계적으로도 손꼽히는 길드였으니까. 세계 각지에서 사람을 보내 길드의 훈련커리큘럼을 배우고 갈 정도였으니 말 다했다.

그런데 대기업에 소속되어 있던 슬레이어들이 줄줄이 탈퇴를 선언하면서 일이 커지기 시작했다.

―하기야……. 그 정도 실력자들이면 기업에 소속되어 있는 것보다 그냥 저희들끼리 뛰는 게 낫지.

―요즘은 오크도 많이 나오는 거 같던데 그냥 따로 슬레잉하는 게 나을 듯.

―유니온이 바빠지겠네.

예전부터 슬레이어의 처우문제에 있어서 말이 많았었다. 시간이 지나면서 그린스톤의 가격에 대한 불공정성이 불거져 나오고 슬레이어들은 자신들이 벌어들이는 수익에 비해 제대로 된 대우를 받지 못한다는 것을 자각하기 시작했다. 그래서 최상위 급 슬레이어들이 서로 결탁하여 단체로 길드에서 빠져 나와 독자적인 길드를 수립하고 한국 유니온에 등록을 하기 시작했다.

이 과정에서 수많은 슬레이어의 상당히 큰 출혈―계약 파기로 인한 면책금―이 있었지만 그들은 아랑곳하지 않았다. 그들은 이미 돈이 많다. 게다가 오크들의 출현 빈도가 높아지면서 상위 급 슬레이어들은 더 이상 대기업의 후원과 그늘이 필요하지 않았기 때문이다.

최상위 급 슬레이어들은 독자적인 길드를 구축하고, 그에 반해 중위권의 슬레이어들은 대기업에 속하기를 원했다. 사실상 일반적인 시선에서 대기업에 속하는 것이 그리 나쁜 것은 아니었다. 최소 고정 연봉이 4,000만 원은 넘는데다가 행동에도 자유가 있고 대우도 좋은 편이었으니까.

하지만 그거야 최상위 급 슬레이어였으니까 그런 대우를 받은 거다. 다른 기업에서 모셔가려고 하는 슬레이어들이니까 그런 대우를 받았지, 그들보다 등급과 실력이 낮은 슬레이어들이 그런 대우를 받을 수 있을 리 만무하다.

게다가 기업 측에선 더 이상 같은 사태를 맞이하지 않기 위해 상당히 불공정한 계약 조건들을 내걸었다. 어차피 세상은 1등만을 기억한다. 여기서의 1등이란 브랜드 파워를 가질 수 있는 '최상위 급 슬레이어들'을 뜻한다. 중위권 슬레이어들을 모아봤자 별로 파워가 없다. 게다가 그들이 슬레잉을 통해 벌어들이는 수익이 엄청나다고 하기도 힘들다.

현석이 중얼거렸다.

"지금 이 시점에서 대기업 길드에 들어가려고 용을 쓰는 애들은 눈 뜬 장님이지."

상위 급 슬레이어들이 빠져나가고 중위권 슬레이어들이 대기업에 지원했다. 대기업에서 해주는 대우만으로도 충분히 만족하는 지원자들이라는 뜻이고, 그런 슬레이어들은 솔직히 널리고 널렸다.

처음 슬레이어가 나타난 이후로 슬레이어의 숫자는 꾸준히 늘어서, 현재 한국 내 슬레이어의 총 숫자는 8천 명 정도로 파악되고 있으며 그중 4천 명 정도가 대기업에 지원했다. 대기업이 뽑는 슬레이어의 수는 약 1천 명. 결국 기업에서는 자신들의 입맛에 맞는 슬레이어를 마음대로 골라 뽑을 수 있다는 뜻이었다.

"자기들 스스로 몸값을 낮추는 행위야."

물론 그들을 비난할 수는 없다. 그들은 그들의 사정이 있고 생각이 있는 거니까. 그래도 현석이 보기엔 그리 현명한 선택은 아니었다.

*   *   *

시간이 흘렀다. 노멀 모드에 진입한 사람들이 점점 많아졌고 세상이 또 변화하기 시작했다.

〈스마트 도감에 등록되지 않은 신종 몬스터들이 출현……〉
〈한국 유니온! 비상시국 발령!〉

특히 인천의 구월동은 난리가 났다. 구월동은 인천 내에서 굉장히 번화한 거리다. 그런데 그곳 한 가운데에 몬스터가 나타났다. 일반적으로 몬스터들은 인적이 드문 곳에서 나타나는 게 보편적인데 이번엔 아니었다.

이 몬스터의 경우는 몸집이 2미터가 넘었으며 온몸이 초록색 빛깔이었다. 얼핏 보면 영화 속에 등장하는 헐크와도 같았다.

그 몬스터는 괴력을 발휘하며 거리를 부수고 사람들을 해치기 시작했다. 사람들이 우왕좌왕 도망가는 통에 부상자만 수십 명을 헤아릴 정도였으며 몬스터에 의해 사망한 일반인이 무려 3명이나 되었다. 그리고 가로등 3개가 부러졌으며 주변 상가 건물이 파괴되고 있었다.

고릴라처럼 네 발로 걷다가 공격대상을 발견하면 두 발로 일어나고, 두 팔로 때려 부수는데 그 괴력이 대단해서 오크보다 훨씬 강하다고 생각되었다.

슬레이어보다도, 경찰이 먼저 출동해서 발포했는데 권총이 아예 소용이 없었고 오히려 몬스터의 성질만 돋우어 피해만 냈다. 그나마 다행인 것은 경찰이 빨리 후퇴하여 사망한 경찰관이 없었다는 것 정도였다.

군부대가 출동해야 한다, 최상위 슬레이어들이 움직여야 한다, 말이 많았으나 지금 당장 인천 근처에는 그 정도 급의 슬레이어가 없었고 그나마 있는 중위권 슬레이어들은 지레 겁을 먹고 움직이지 않았다.

다만 혈기왕성한 어린 슬레이어들이 슬레잉을 하겠다며 나섰다가 사망하는 안타까운 일까지 벌어졌다.

현석도 나름대로 고민했다. 힘을 가지게 됐다. 그런데 과연 이 힘이 그 몬스터에게도 통할지는 확실하지 않았다.

그런데 그때, 성형에게 연락이 왔다.

―현석아.

"예."

―샌드백 지원해 줄 테니까 북한산으로 가자. 나랑 같이.

"구월동이 아니고요?"

―그놈은 약한 놈이야. 피라미드랑 몇몇 길드 연합해서 보내기로 했다. 그보다 훨씬 센 놈이 북한산에 나타났어. I'UET 멤버들이 겨우 도망쳤다. 저놈은 머리가 하난데, 이놈은 두 개야.

오크도 그냥 오크보다는 트윈헤드 오크가 훨씬 강하다. 저 몬스터와 똑같은 형태라면 머리가 하나인 것보다는 두개인 몬스터가 더 강할 거다. 세상의 이목이 구월동에 쏠린 사이에, 북한산에도 몬스터가 나타났다. 아직 세간에는 알려지지 않은 몬스터였다.

*   *   *

노멀 모드에 접어드는 사람들이 많아지면서 확실히 몬스터의 수준도 높아졌다. 그러나 몬스터만 강해진 게 아니다. 몬스터를 상대하는 사람들도 진화했다. 단순히 힘만 강해진 게 아니라 전략과 도구도 발달했다.

유니온의 요청을 받은 피라미드 길드가 최전선으로 나서고 마침 근처에 있던 헛개수 길드가 서포트로 나섰다. 또한 회복 슬레이어만으로 길드를 이룬 성직자 길드 역시 힘을 보탰다.(처음과 달리, 이제는 회복 슬레이어나 보조 슬레이어들만으로 이루어진 길드 역시 생겨나고 있는 추세다.)

피라미드의 전투 슬레이어 이연석이 샌드백을 통해 얻어낸 충격 수치를 읽어 들였다.

"충격 수치 2,000! 노멀 모드에 진입한 전투 슬레이어 3명이면 무난하게 막아낼 수 있습니다!"

피라미드의 전투 슬레이어 3명의 방어력은 각각 약 2,000가량 된다. 통상적으로 충격 수치의 300퍼센트 정도의 방어력이면, 크리티컬 히트가 터지지 않는다는 가정하에 별 피해 없이 안전하게 방어할 수 있다는 것이 밝혀졌다.

그러니까 3명이 힘을 합쳐서 막아내면 별다른 피해 없이 막아낼 수 있다는 뜻이다. 노멀 모드에 접어들면서 방어력 수치와 공격력 수치 등도 숫자로 구체화되었기 때문에 가능한 예상치였다. 그러나 이 값이 절대적인 건 아니었다.

손가락으로 몸을 찌른다고 가정해 보자. 손가락으로 배를 찌르는 건 그다지 문제가 안 된다. 그런데 손가락으로 눈을 찌르면 문제가 된다. 즉 어디를 어떻게 공격받느냐. 또 어떤 각도로 충격이 전해지느냐에 따라서 그 공격력이 천차만별로 갈라지게 된다는 것이다.

그러나 적어도 어느 정도의 힘을 가지고 있다는 것은 파악할 수 있고, 대략적인 방어를 할 수는 있다.

여태껏 밝혀진 바로는 급소를 허용하지만 않으면 H/P가 엄청나게 깎이는 일은 거의 없었다. 300퍼센트의 통계적 수치가 괜히 나온 건 아니다.

"모두 알고 있겠지만 급소는 반드시 조심하도록 한다! 우리 피라미드가 방어를 확실하게 해내야 한다!"

"예!"

피라미드 소속 전투 슬레이어 4명이 앞으로 나섰다. 다행인 것은, 피라미드는 방어를 위주로 한 안전한 슬레잉을 지향하는 길드라는 것이다. 슬레이어 4명 중 3명이 방어 위주의 능력치와 아이템을 소유했다.

피라미드의 길드원 4명이 침을 꿀꺽 삼키며 방패를 들어 올렸다. 관찰한 바에 의하면 몬스터는 완력이 엄청나게 강한 대신 지능은 떨어졌다. 오크와 마찬가지로 슬레이어에게 직선적인 공격밖에 할 줄 모르는 것 같았다. 그 직선 공격을 4명에서 막아 내면 2,000의 충격치가 500씩 분산된다.

쾅!

몬스터의 거대한 팔이 위에서 아래로 휘둘러졌고 동시에 4명이 힘을 합해 그 팔을 막아냈다. 한 슬레이어에게 충격이 집중되었는지 H/P가 약 30퍼센트가량 떨어졌고 그와 동시에 회복 슬레이어들이 힐을 펼쳤다.

건물 위에서, 두려움에 떨며 지켜보던 일반인들이 주먹을 불끈 쥐었다.

"됐어! 슬레잉이 가능하겠어!"

"힘내라!"

"화이팅이다! 몬스터를 죽여 버려!"

잘못하면 군부대가 출동해서, 시가지의 피해를 감수하고서라도 살상무기를 사용했을 지도 몰랐는데 피라미드를 주축으로 한 길드 연합이 성공적인 방어를 끝냈다. 방어가 가능하다면 공격도 가능한 법.

슬레이어들은 새로이 나타난 몬스터에 대한 정보를 조금씩 끌어 모으며 슬레잉에 임하기 시작했다. 그사이, 위험을 무릅쓰고 기자들이 그들을 향해 조금씩 더 가까이 다가가며 세계 최초로 나타난 녹색 몬스터의 슬레잉 현장을 보다 생생하기 담기 위해 노력했다.

*　　　　*　　　　*

같은 시각.

피라미드 길드를 주축으로 한 슬레이어 연합이 구월동에서 활약을 펼치고 있을 무렵, 전 I'UET의 부단장 박성형과 하종원, 그리고 유현석이 산을 타기 시작했다.

현석이 말했다.

"성형이 형님. 참고로 저 아직 힘 조절 잘 안됩니다."

현석이 원한다면 지금 당장 전투 필드를 펼치고 슬레이어의 힘을 사용하면서 돌아다닐 수 있다. 그런데 현석은 지금 자신의 몸을 제대로 컨트롤하지 못한다. 100의 힘을 처음 가졌을 때, 그 힘에 익숙해지는데 반년이 넘게 걸렸다. 이번에는 무려 200이 넘는다. 심지어 힘은 300이 넘는다. 그런데 그 힘을 다루는 연습도 제대로 못했다.

"괜찮아. 내가 너랑 종원이만 데리고 온 건……."

성형과 종원이 똑같이 씨익 웃었다. 그 둘은 현석보다도 현석의 능력치를 신뢰하고 있었다. 성형이 스마트 도감을 살폈다. 실시간으로 몬스터에 대한 정보가 올라오고 있었다. 지금 슬레잉하려는 몬스터와 똑같은 놈은 아니지만 그래도 비슷할 거라는 예상이다. 머리가 두개 달렸으니 좀 더 강할 뿐.

"사실 현석이 놈 혼자 보내도 되죠."

"그건 그래."

현석이 이지 모드에 어울리지 않는 힘을 가졌을 때, 이지 모드의 몬스터들은 현석에겐 죽도 밥도 안 됐다. 지금은 노멀 모드에 어울리지 않는 힘을 가졌다. 그 말은 즉, 노멀 모드의 몬스터들 역시 현석에겐 죽도 밥도 안 된다는 뜻이다.

현석은 아직 힘 조절이 안 된다며 혹시라도 스치지 않게 조심하라고 주의 같지 않은 주의를 준 뒤 성형에게 물었다.

"근데 어떻게 발견했대요?"

"아······. 이명훈이라고 종원이랑 친한 녀석이 하나 있는데, 그 놈이 좀 괴짜라서."

"괴짜요?"

"노멀 모드에 진입하면서 뭐였더라, 던전을 발견하는 것도 업적으로 인정된다나 봐. 던전 찾기에만 매달리고 있는 녀석이라 전국을 쏘다니는 모양이야. 그러다가 우리가 가는 곳에서 몬스터를 발견한 거지."

"아… 그래요?"

"그런데 이 녀석은 난동을 부리는 게 아니라 바위 위에서 퍼질러 낮잠을 자고 있다네."

"낮잠을 자요? 몬스터가?"

몬스터가 낮잠을 자는 경우는 아직 보고가 된 적이 없다. 대놓고 낮잠을 잔다는 뜻은,

"적어도 그 근방에선 최강의 몬스터라고 해도 되겠지."

그 근방에선 최강이라 할 수 있었다. 트윈헤드 오크를 잡을 때와 비슷한 상황이었다.

'잘하면… 업적 보상이 이루어지겠어.'

노멀 모드에 진입한 이후 첫 번째 업적 보상을 얻을 수도 있는 일이다.

예전과는 확실히 달라졌다. 업적 보상을 얻을 수 있다는 사실에 조금 설레기까지 하는 자신을 발견한 현석은 얼른 고개를 저었다. 성형이 손가락을 들어올렸다.

"쉿, 거의 다 왔어."

몬스터가 있는 곳에 도착했다. 성형이 말했다.

"일단 샌드백으로 충격 수치를 알아보는 게 좋겠어. 종원아 네가 던져라."

아무리 현석이 엄청난 힘을 가졌다고는 해도, 한 번쯤 알아보는 게 좋다. 적어도 목숨이 걸린 일인데 안전에 안전을 기한다고 나쁠 것은 없지 않은가.

만에 하나라도, 현석이 감당하지 못할 정도라면 도망치면 된다. 녹색 괴물은 분명 완력은 강했지만 스피드는 뒤떨어졌으니까 충분히 도망칠 수 있을 것이다.

종원이 샌드백을 받아들고 녹색 괴물을 향해 샌드백을 힘차게 내던졌다. 그것에 부착된 센서가 곧 충격 수치를 알려줄 터.

턱!

샌드백이 녹색 괴물의 몸에 부딪쳤고, 녹색 괴물은 자신을 잠에서 깨운 그것에 대해 분노한 듯 쿠오오! 괴성을 지르며 허공에 주먹질을 퍼붓기 시작했다.

"충격 수치 약 4,500."

성형이 물었다.

"현석아, 너 방어력 어느 정도냐?"

현석이 멋쩍게 웃었다. 저… 그게 하고 말꼬리를 흐렸는데 그 의미를 알아챈 성형이 더욱 깊게 묻지는 않았다.

"자세히는 안 물을게. 부탁한다."

현석이 앞으로 나섰다. 종원은 귀를 후볐다. 긴장감 따윈 느껴지지 않았다. 성형은 몰라도 종원은 현석의 정확한 수치를 안다. 종원이 대충 말했다.

"대충 가서 대충 쳐라."

*   *   *

몬스터의 이름은 트롤이라 명명됐다. 강한 완력과 체력은 물론이거니와 가장 까다로운 건 뛰어난 재생력이었다. 재생력이 좋다는 것은 방어력이 좋은 것과는 약간 다른 개념이다. 오히려 일정 수준 이하의 공격에 있어서는 방어력이 좋은 것보다 재생력이 좋은 게 훨씬 까다롭다.

트롤의 경우는 재생력. 즉, H/P 회복률이 무척 뛰어나서 어지간한 공격으로는 공략하기가 힘들었다. 그래도 피라미드가 안정적으로 어그로를 잡아준 덕분에 같이 합류한 전투 슬레이어 10여 명이 꾸준히 공격을 퍼부은 결과 구월동에 나타난 트롤을 슬레잉할 수 있었다. 다만, 이렇게 여러 명이 슬레잉에 참여했기 때문에 그 보상 문제가 애매하게 되었는데 그건 한국 유니온 측에서 중재에 나서기로 했다.

〈구월동의 트롤! 한국 슬레이어들이 이뤄낸 쾌거!〉
〈세계 최초로 목격된 괴물! 명실공히 슬레잉의 선진국!〉
〈피라미드를 비롯한 30여 명의 눈부신 활약!〉

보통 한국의 미래 모습을 알려면 일본의 10년 전을 보면 된다고 말을 한다. 한국인의 입장에서야 기분 나쁘지만 어쨌든 어느 정도 일리가 있는 말이다.

그런데 슬레잉에 있어선 그 반대의 현상이 나타나고 있다. 비단 일본뿐만 아니라, 전 세계가 한국을 지켜보며 자신들의 미래를 점치는 현상이 벌어졌다.

한국에서 최초로 일어난 일들이 점점 세계로 퍼지는 경향을 보이고 있기 때문이다. 원인이야 알 수 없지만 어쨌든 현상은 그렇게 생겨나고 있었고 외국의 슬레이어들과 외신들은 트롤의 특성과 공략법에 대해 열심히 연구하기 시작했다. 그런데 처음에는 주목 받지 못하는가 싶더니 더욱 놀라운 소식이 전해졌다.

〈트윈헤드 트롤 출몰! 충격 수치 4,500!〉

〈모두가 구월동에 집중한 사이! 피 말리는 혈투를 벌이다!〉
〈북한산 깊숙한 곳. 처절한 혈투!〉

구월동에 시선이 집중되었을 때, 어떤 슬레이어들이 트윈헤드 트롤 슬레잉에 성공했다. 몬스터 도감에 트윈헤드 트롤이 등록되었기 때문인데 그것을 등록한 사람은 다름 아닌 한국 유니온장 박성형이었다.

〈한국 유니온장의 위엄.〉
〈한국 정상급 슬레이어. 그 위명을 떨치다!〉
〈그는 과연 누구와 슬레잉을 실시했는가!〉

소문에 의하면 한국 유니온 측에서도 가장 실력이 뛰어난 슬레이어 30여 명을 목숨을 걸고 각출하여 트윈헤드 트롤을 사냥했단다. 사실 30명이 아니고 4명, 더 정확히 말하자면 1명이었지만 원래 소문이야 각색되게 마련이고 과장되게 마련이다.

현석의 능력을 워낙에 신뢰하기에 소수로 얼른 떠난 거였는데 어떻게 소문이 퍼지다 보니 와전되어 일반인들이 호기심을 갖고 출입하여 다치는 것을 원치 않은 슬레이어들이 살신성인의 정신을 발휘하여 트윈헤드 트롤을 아무도 모르게 슬레잉했다는 소문이 떠돌았다. 꿈보다 해몽이 훨씬 좋았다.

안 그래도 높았던 한국 유니온의 위상이 더욱 높아졌으며 박성형의 이름이 더욱 높이 뛰었다. 박성형은 같이 슬레잉을 한 사람 중, 솔로 오크 슬레이어였던 하종원이 같이 있었다고 발표하면서 하종원 역시 명실공히 한국 내 최강의 슬레이어로 입지를 다시 한 번 굳힐 수 있었다. 그 외의 다른 슬레이어들은 자신을 밝히고 싶지 않아 비밀로 하겠다고 발표하였는데, 재미있는 건 사람들은 그 발표에 더욱 열광했다는 거다.

스스로를 드러내지 않는 비밀 영웅, 히어로와 같은 느낌이랄까. 조금만 살펴보면 이상한 점들을 찾아볼 수 있을 텐데, 사람들은 그다지 그러한 점들에 신경 쓰지 않았다. 중요한 건 결과였다.

어쨌든 트롤과 트윈헤드 트롤의 출몰. 그것은 노멀 모드의 본격적인 시작을 알리는 신호였으며 며칠 뒤, 또 다른 소식이 한국을 강타했다.

다른 말로 하자면, 한국으로부터 또 다른 변화가 시작되었다.

〈노멀 모드의 변화. 여기서 끝이 아니었다!〉
〈진화하는 노멀 모드. 그 끝은 어디인가!〉
〈본격적인 노멀 모드의 시작인가!〉

CHAPTER 4

마치 업데이트되는 게임처럼 노멀 모드가 본격적인 궤도에 오르는가 싶더니 또 다른 것이 생겨났다.

　바로 '아이템 상점'이었다. 게임처럼 상점을 직접 찾아가는 것은 아니었다. 슬레이어는 총 세 곳을 아이템 상점을 열 수 있는 스팟으로 지정할 수 있었으며 그 스팟 내에서 아이템 상점을 활성화시킬 수 있었다.

　현석은 고개를 갸웃했다.

　'나는 아이템 상점도 제한을 받는 건가……? 알림에 그런 내용은 없었는데…….'

그러나 현석은 아이템 상점이 활성화되지 않았다. 그 역시, 강제 전향이기는 해도 어쨌든 노멀 모드 슬레이어였는데 아이템 상점이 열리질 않는다. 그건 좀 아쉬운 부분이었다.

'언제쯤 활성화되는 거지?'

긴가민가할 때 쯤 알림음이 들려왔다.

[판정 완료.]

판정이 완료됐단다.

'갑자기 뭘?'

이게 뭔가 싶었는데 알림음이 이어졌다.

[아이템 상점이 활성화됩니다.]

[이지 모드에서 '불가능한 업적을 10회 달성한 업적' 이 확인되었습니다.]

[스팟 제한이 사라집니다.]

[불가능을 개척하는 자의 칭호가 확인됩니다.]

[정규 칭호 외 +1등급의 칭호가 확인됩니다.]

[정규 칭호 외 +2등급의 칭호가 확인됩니다.]

[스페셜 등급 슬레이어 승인 요청 중]

알림음이 상당히 많이 들려왔다. 그러고 나서.

[스페셜 등급 슬레이어 승인 거부.]
[등급을 상향 조정합니다.]
[최상위 등급 슬레이어 승인 요청 중]

다시 시간이 흘렀다.

[최상위 등급 슬레이어 승인 완료]
[최상위 등급 슬레이어 전용 아이템 상점이 개설됩니다.]

현석에게도 아이템 상점이 활성화됐다. 현석은 어안이 벙벙했다.

'아이템 상점에도 전용 등급이 있었어?'

최상위 등급 슬레이어란다. 시스템이 그렇게 인정을 한 모양이었다. 현석은 떨리는 마음으로 아이템 상점을 활성화시켜 보았다. 그런데 제한이 걸렸다.

[아이템 상점을 활성화시키려면 힘든 업적 이상 등급의 업적 포인트가 필요합니다.]

현석이 인상을 찌푸렸다.

"뭔 놈의 아이템 상점을 여는데 업적 포인트가 필요해?"

이지 모드에서는 다른 업적들은 둘째 치고 불가능한 업적을 10번 쌓았다. 그리고 상점을 열면 그 포인트가 차감된단다. 그러니까 상점을 열기 위해선 업적을 많이 쌓아야 하는데 그나마 다행이란 건 매우 힘든 이나 매우 어려운 같은 것이 아니라 단순히 힘든 업적 포인트라는 거다.

"흠……."

생각에 빠져들었다.

'단순히 여는 게 이 정도면……. 그 안의 아이템은 더 비싸겠지.'

보통의 경우, 입장료가 물건 값보다 비싼 경우는 별로 없다. 실질적으로 판매하는 물건이 입장료보다 비싼 게 보편적이다.

'힘든 업적 이상이라…….'

북한산의 트윈헤드 트롤을 잡았는데 쉬운 업적으로 인정 됐다. 예전에 더 약한 몬스터였던 트윈헤드 오크가 '힘든 업적'으로 인정되었던 것을 생각해보면 현재 슬레이어들의 수준이 많이 높아지긴 높아진 모양이다.

'업적을 이룰 구석이 어디 있느냐 이 말이지.'

일단 '업적'이라는 것 자체가 결코 쉬운 일이 아니다. '쉬운 업적'이라 함은 어려운 가운데서 그나마 쉬운 것이라는 뜻이다.

그렇다면 '불가능'은 말할 것도 없고 '힘든 업적' 쯤 되면 일반 슬레이어들에게는 거의 불가능이나 다름없는 업적을 뜻한다.

현석은 호기심을 참지 못하고 아이템 상점을 열어봤다. 그리고 욕이 나올 뻔했다.

'뭐 이따위야?'

아이템의 성능은 둘째 치고서라도 아이템의 가격이 상상을 초월했다. 아무리 최상위 등급이라 할지라도 이건 너무했다.

'업적 포인트는 물론이고……. 그 포인트에 해당되는 보너스 스탯까지 같이 사라진다고?'

업적 포인트가 차감됨은 물론이요, 심지어는 스탯까지 사라진단다. 보통 슬레이어들이 1레벨을 올리면 스탯을 1만큼 받는다. 예전에 I'UET의 슬레잉을 도와줄 때, 보너스 스탯 10을 받게 되었을 때 I'UET 길드원들이 현석을 왕처럼 모시려고 했다. 그만큼 보너스 스탯은 귀중한 자원이며 슬레이어에게 있어서는 보물이라고 할 수 있었다. 모든 물질적 보상을 양도해도 될 만큼 말이다.

종원이 20스탯을 받고 굉장히 기뻐했으며 불과 얼마 전까지 힘 스탯 72로 공식적인 1위를 따내지 않았던가. 그것을 생각하면 보너스 스탯이 얼마나 희귀한 자원인지 알 수 있을 것이다.

'업적 포인트 하나에 스탯 30개? 미쳤군.'

아이템들을 둘러본 솔직한 소감은 그랬다. 최상위 등급이라기에 엄청난 특수 유니크 아이템이 나올 줄 알았는데 그렇지도 않았다. 사실상 설명만 그럴듯하지 특출난 아이템은 없다고 해도 과언이 아니었다.

어째서 이게 이렇게 비싼 가격이 책정되었는지 고개가 갸우뚱해질 정도였다. 현석은 아이템 상점을 열심히 둘러보다가 결국 아무것도 구매하지 않았다.

'뭐 당장 아이템이 필요한 건 아니니까.'

그런데 재미있는 건 아이템 상점을 보고 나니 의욕이 솟는다는 거다. 원래 10만 원 있는 사람이 5만 원짜리 물건을 사려면 고민을 많이 해야 하지만 1억을 가진 사람이 5만 원짜리 물건을 사려면 고민 같은 건 별로 필요가 없다.

업적 포인트와 스탯을 무지막지하게 많이 획득하면—일반적인 기준에선 이미 무지막지하지만—별 고민 없이 사고 싶은 것을 마음대로 살 수 있을 거다. 비록 엄청난 효과가 있는 아이템을 찾지는 못했지만 일단은 의지와 의욕이 생긴다는 것만으로도 현석에게는 큰 변화라고 할 수 있었다.

'그리고… 나중을 위해서라도 업적 포인트는 최대한 많이 쌓아야 해.'

주먹을 불끈 쥐었다.

*　　　　*　　　　*

스마트 도감은 본래 도감 기능이 포함되기 이전에는 몬스터의 강함을 측정하는 지표로 활용하는 기능이 주었다.

지금에 이르러서야 몬스터 맵과 몬스터 도감 등의 기능이 포함되면서 순수하게 몬스터가 체내에 가진 마력 수치를 측정하는 기능을 사용하는 경우는 많지 않게 되었지만 어쨌든 스마트 도감의 가장 첫 기능은 마력 수치를 측정하는 것이었다.

해커스 길드의 길드장 정찬웅은 몰래 숨어서 스마트 도감으로 몬스터의 마력을 출력해 봤다.

'어, 어디까지 올라가려는 거야?'

숫자는 계속해서 높아졌다. 현재 가장 강한 몬스터로 등록되어 있는 트윈헤드 트롤의 경우는 약 5,000 정도로 나타난다. 대부분의 몬스터의 경우, 샌드백을 통해 얻어낸 충격량 수치와 몬스터 도감을 사용하여 도출한 마력 수치는 거의 비슷한 양상을 보이고 있는데 지금 저 몬스터의 경우는 5,000을 가볍게 넘기고 6,000을 넘어 7,000을 향해 급속도로 올라가고 있는 중이었다.

다른 길드원들도 침을 꿀꺽 삼켰다.

'이거… 걸리면 죽는다.'

'저런 걸 어떻게 잡아?'

숫자가 계속해서 높아졌다. 이젠 8,000을 넘었다. 8,000이면 단순 수치상으로는 트윈헤드 트롤의 거의 2배다.

한 개체가 두 마리 있어서 2배가 된 것과, 한 개체가 순수한 혼자 힘으로 2배의 힘을 가진 건 엄연히 다른 문제다. 토끼 2마리보다 사자 1마리가 강한 것과 같은 이치이다.

'9,000……'

9,000을 넘었다. 그런데도 숫자는 계속해서 높아졌다. 그리고 9,999에 이르러서는 더 이상 숫자가 높아지지 않았다. 몬스터가 9,999의 수치를 가진 것이 아니라 현재 몬스터 도감의 기능으로는 더 이상의 측정은 불가능한 것이었다.

몬스터는 일단 크기가 굉장히 컸다. 약 5미터 쯤 되어보였는데 피부는 마치 나무껍질 같았다. 근육으로 만들어진 나무껍질 같은 느낌이었는데 특이한 것은 거대한 몸집에 비해 머리가 굉장히 작고, 머리의 중앙 부근에는 커다란 눈알이 하나 달려 있었다는 거다. 입은 거의 퇴화되었는지 보이지 않았고 별다른 울음소리도 내지 않았다. 오른손에는 거대한 나무 방망이를 하나 들고 있었는데 불과 얼마 전까지만 해도 최상위 몬스터로 군림하던 오크가 들고 있던 방망이는 어린아이 장난감처럼 보일 정도였다.

'어째서 저런 놈이……'

해커스 길드는 사실 뛰어난 길드는 아니다. 트롤이나 트윈헤드 트롤은 꿈에도 못 꾼다. 오크는 가능해도 트윈헤드 오크는 어렵다. 오크를 잡으려고 해도 상당한 위험부담을 감수해야만 했다. 하지만 오크와 트윈헤드 오크는 그 힘에 비해 달리는 속도가 그렇게 빠르지 않았고 여차하면 도망치면 되었기 때문에 조심스레 오크를 사냥하던 중이었다. 조심조심 슬레잉해서 그린스톤을 얻기라도 하면 굉장히 큰돈이 떨어지니까.

해커스 길드의 길드원은 총 10명. 그린스톤이 나오기만 하면 1인당 천만 원의 거액을 손에 쥘 수 있는 것이다. 그런 소박한 꿈을 가지고 슬레잉을 다니고 있었는데 저런 어마어마한 놈이 나타날 줄은 몰랐다.

놈은 쿵쿵, 발자국 소리를 내며 걸어 다녔다. 몸의 움직임 자체는 그렇게 빠르지 않은 것 같았는데 보폭이 워낙에 넓다 보니 전체적인 속도는 빨랐다. 놈을 보고 있노라면 굉장히 굵은 나무 두 개가 쿵쿵대며 걸어 다니는 것 같은 기분이었다.

그 몬스터가 어느 정도 멀어졌을 때에, 길드원 중 한 명이 굉장히 작은 목소리로 말했다.

'길장, 천천히 후퇴하죠.'

정찬웅은 오케이 사인을 보냈다.

아주 조심스럽게, 천천히 걸음을 옮기려는 찰나.

거대한 몬스터의 몸이 우뚝 멈춰섰다. 그리고 이내 뒤를 돌아보았다. 얼굴 중앙에 달린 커다란 눈동자가 해커스 길드원들이 숨어 있는 곳을 정확히 쳐다봤다.

그 순간,

쿵! 쿵! 쿵! 쿵!

마치 지진이라도 난 듯 거대한 소리가 북소리마냥 쿵쿵대며 들려오기 시작했다. 어슬렁거릴 때와는 그 속도에서 확연히 차이가 났다. 5미터가 넘는 거대한 몸뚱이가 점점 더 커지기 시작했다. 그 기세가, 해커스 길드원들에게는 육상 선수처럼 거친 기세로 달려오는 해일처럼 느껴졌다.

담이 약한 여자 슬레이어 한 명이 비명을 질렀다.

"으, 으어어어!"

몬스터가 그녀를 향해 몽둥이를 휘둘렀다. 겉보기보다 팔이 굉장히 길었는지 거리가 상당함에도 불구하고 몽둥이는 그녀를 향해 정확히 날아들었다. 즉사였다.

으어어어!

모두가 공포에 질린 채 도망치기 시작했다. 이건 그들로서는 어떻게 할 수 없는 절대적인 강함이었다. 그나마 노멀 모드에 진입하기라도 했다면 저토록 날아가는 참상은 피할 수 있을 거다. H/P만 닳아 없어질 뿐이니까.

그런데 H/P가 활성화된다고 해도 저런 공격에 버틸 수 있는 슬레이어가 몇이나 될까. 이건 슬레잉이 아니라 포격을 해야 하는 상대라는 걸 그들은 본능적으로 느꼈다.

결국, 10명 중 생존자는 단 2명. 그들의 제보를 받은 한국 유니온에서는 이를 심상치 않은 사안으로 판단. 정부에 도움을 요청했고 정부는 헬기를 동원하여 몬스터를 관측해보기로 했다.

〈속보! 신종 몬스터를 관측하던 헬기 2대 추락!〉
〈안타까운 사망소식. 전원 사망.〉
〈슬레잉이 불가능한 몬스터. 싸이클롭스!〉
〈화음산 일대 출입통제구역 선포. 인근 주민 밤잠 설쳐.〉
〈싸이클롭스! 과연 노멀 모드 규격에 맞는 몬스터인가!〉

*   *   *

몬스터가 가장 까다로운 건 바로 '실드' 때문이다.

실드는 현대 무기의 물리력에 상당한 저항력을 갖고 있어서 어지간한 공격으로는 그 게이지가 닳지 않는다. 그게 가장 문제다.

이번에 경기도 화음산에서 나타난 싸이클롭스 같은 경우는 그 내성이 더욱 어마어마해서인지 헬기의 로켓 공격에도 꿈쩍 않는단다. 심지어 도약력이 상상 이상으로 엄청나서 가까이 접근했다가 헬기가 추락하는 안타까운 소식도 전해졌다. 사람들은 싸이클롭스를 노멀 모드의 규격을 뛰어넘는 몬스터라고 추측하기 시작했다. 노멀 모드의 몬스터까지는 현대 무기로 어떻게든 살상이 가능하다. 기관총급 이상의 화력을 쏟아부으면 게이지를 닳게 만들 수 있었으니까. 그런데 싸이클롭스에게는 로켓도 소용없었다.

어쩌면 노멀 모드보다 높은 단계의 몬스터들에게는 현대 무기가 아예 소용이 없는 게 아니냐는 추측도 조심스레 나오고 있다.

헬기의 공격도 소용없는 마당에 이제 남은 수단은 전투기의 동원인데 사실상 그것도 쉽지만은 않았다. 화음산은 나무가 굉장히 크고 단단하며 우거진 수풀을 지닌 지형이다. 미사일로 요격하기가 쉬운 것도 아닐 뿐더러 밤으로 터뜨리는 것 역시 좋은 선택이라고는 할 수 없었다. 산불이라도 났다가는 싸이클롭스로 인한 피해보다 더 큰 피해가 발생할 수도 있기 때문이다.

현석이 중얼거렸다.

"그래도 이 녀석은 비정상적인 패턴을 보이지는 않네 다행히도."

가끔씩 비정상적인 패턴을 보이는 몬스터들이 있다. 일전에 I'UET가 처음 마주쳤던 트윈헤드 오크가 그랬다. 계속해서 민가 쪽을 향해 접근하는 바람에 I'UET가 제대로 철수하지 못하고 계속해서 싸우지 않았던가.

다행히 싸이클롭스 같은 경우는 화음산 일대에서 벗어나지 않는 습성을 가졌다고 파악되었다. 뭔가를 찾는 듯 어슬렁어슬렁 걸어 다니기는 해도 단지 그뿐이었다. 접근만 하지 않으면 위험하지 않다는 뜻이었다.

'수치가 판단 불가능이라……'

슬레잉을 좋아하는 민서도 종원도, 이번만큼은 슬레잉을 하자고 조르지 않았다. 그만큼 위험한 녀석이니까.

그러던 어느 날.

싸이클롭스가 갑자기 자취를 감추었다. 사람들은 안도했다. 화음산 일대를 샅샅이 뒤졌지만 완전히 사라져 버린 거다. 갑자기 나타난 것처럼, 갑자기 사라졌다.

CHAPTER 5

강원도 원주.

사이렌 소리가 들리기 시작했다. 처음에는 아무도 그 소리에 신경 쓰지 않았다. 애초에 민방위 훈련에도 딱히 신경 안 쓰는 사람이 대부분이다. 사이렌 소리가 좀 울린다고 해서 누가 신경이나 쓸까. 그런데 상황이 심상치 않게 돌아갔다.

선생들이 바삐 움직이기 시작했다. 원주 고등학교에는 지하 강당이 있는데, 전교생을 지하 강당으로 대피시키기 시작한 것이다. 언제나 죽도를 들고 다니는 체육선생이 목청껏 소리를 높였다.

"정렬해서 천천히 지하 강당으로 이동할 거야!"

"아직 위험한 건 아니니까 우왕좌왕하지 말고 천천히 움직여!"

말은 저렇게 해도, 인솔하는 선생들이 더 당황스러워 보였다. 아이들은 무슨 일인지 모르겠다고 귀찮아하면서 따라나서는 수준이었다. 그러는 와중에 소식이 전해졌다.

"야야, 대박! 터미널 근처에 그 싸이클롭스 떴대!"

"그거 경기도 어디에서 나타난 그 엄청난 몬스터 아냐? 저절로 사라졌다며?"

순식간에 지하 강당이 시끌시끌해지기 시작했다. 이곳과 원주 터미널은 직선거리로 약 1㎞가량 떨어져 있다. 멀다면 먼 거리지만 싸이클롭스의 속도를 생각하면 순식간에 주파가 가능한 거리이기도 했다. 기본적으로 몬스터는 인간에게 큰 적대감을 갖고 있으니 눈에 안 띄는 게 현재로선 최선이었다.

"쩔어! 원주 비행단에서 전투기 떴대!"

실제로 전투기편대가 출동했단다. 그 말을 증명이라도 하듯, 거대한 굉음이 터져 나왔다.

쿠과광!

하늘은 맑은데 천둥이 치는 것 같았다. 지하 강당에 들어와 있음에도 불구하고 전투기가 쏘아내는 엔진음이 커다랗게 들려왔다. 저공비행을 하는 것 같았다.

"대박이다. 야, 이거 봐. 전투기 떴어, 진짜로."

"아무리 몬스터가 강해도 기관총이면 끝 아니었어? 전투기 떴으면 게임 셋이겠네."

"야야, 싸이클롭스는 로켓도 소용 없었다잖아. 뉴스도 안 보냐?"

"그래도 전투기 떴으니 어떻게든 되겠지."

"그건 그래."

아이들은 상황의 심각성을 별로 인지하지 못한 채 스마트폰을 보면 키득대고 웃었다. 그러나 조금만 생각해보면 결코 간단한 문제가 아니었다.

보통 중화기 정도를 사용하면 몬스터를 사냥하는 것이 가능하다. 그런데 전투기가 떴다. 그것도 허허벌판도 아니고 원주터미널에 말이다. 원주터미널은 시가지다. 분명 사람들도 많고 건물도 많은 곳이다. 시가지에서, 헬기도 아니고 전투기를 활용한 전투를 펼친다? 이건 결코 단순한 얘기가 아니었다.

*   *   *

기사가 봇물처럼 터져 나왔다.

〈외눈박이 괴물 싸이클롭스! 강원도 원주 시내에 모습을

드러내다!〉

　〈갑자기 사라졌던 싸이클롭스! 시내에 재등장!〉

　〈아비규환의 원주! 군부대 즉각 대응!〉

　때는 12시 30분. 점심을 먹은 뒤 느긋하게 커피를 한 잔 마시고 있던 현석은 자리에서 벌떡 일어섰다. 바로 전화를 걸었다.

　"아부지!"

　―어어. 현석아, 괜찮다. 걱정하지 마라. 여기서는 좀 거리가 있어. 터미널 근처에 나타났다더라.

　현석은 그 자리에 무너지듯 주저앉았다. 원주라는 말만 듣고 반응했는데 원주가 어디 학교 운동장만 한 것도 아니고. 다행히 본가가 있는 곳은 안전하단다.

　강원도 원주는 현석의 본가가 있는 곳이다. 덧붙여 민서가 학교를 다니고 있는 곳이기도 했고. 싸이클롭스는 고속터미널 근처에 모습을 드러내어 보이는 것들을 부숴대고 있단다.

　전투기가 즉각 대응사격에 나섰지만 F—5가 발사하는 AGM—9 미사일도 소용없었다. 전시에 준하는 비상사태라고 할 수 있었다. 미사일을 6발이나 정확하게 명중시켰는데 실드의 게이지가 거의 깎이지 않았다. 이건 단순히 내성 수준이 아니라 완벽 방어에 가까운 수준이었다.

　트롤이나 트윈헤드 트롤 따위와는 그 격을 달리하는 몬스터였다. 이걸로 확실해졌다. 노멀 모드의 수준을 확실히 벗어나는 몬스터였다.

대통령은 서둘러 성명을 발표하며 국민들을 안심시키려 노력했고 미국을 비롯한 세계 각지에서도 엄청난 관심을 보이기 시작했다. 한국은 현재 모든 슬레잉의 시발점이 되는 곳이기도 했다. 새로운 몬스터, 새로운 던전을 알려면 한국을 공부해라라는 말이 있을 정도였으니까.

그런데 한국 내에서 싸이클롭스란 몬스터가 발견되었다. 처음에는 산에서 모습을 드러냈는데 아무도 건드리지 않자 이번엔 시가지에 모습을 드러냈다. 마치 왜 슬레잉을 오지 않느냐고 시위하는 것처럼 말이다.

〈현대 과학 기술력. 몬스터 앞에서 무용지물!〉
〈군 당국. 과연 이 문제를 어떻게 처리할 것인가!〉
〈침묵하는 슬레이어들. 그들을 탓할 수는 없어.〉
〈노멀 모드의 규격을 초과한 몬스터! 노멀 모드보다 상위 몬스터에겐 현대 무기가 무용지물!〉

미사일도 소용없는 판국에 슬레이어들이 무슨 힘이 있겠는가 하는 것이 중론이기는 했으나 또 지금 상황에선 슬레이어 말고 싸이클롭스를 상대할 수 있는 힘이 있는 것도 아니었다.

현석이 말했다.

"아부지, 집 안에서 꼼짝도 하지 말고 있어요. 그놈 진짜 위험한 놈이래요."

―그래, 내 걱정은 하지도 말고 편히 일하고 있어라.

현석은 영웅도 아니고 딱히 영웅이 되고 싶은 생각도 없다. 얼굴도 모르는 많은 사람보다, 겨우 3명뿐인 자신의 가족의 안위가 제일 중요했다.

'제기랄.'

이번엔 민서에게 전화를 걸었다. 민서의 고등학교가 터미널 근처이기 때문이다.(사실상 거리가 약 1㎞ 떨어져 있기는 했으나 현석에게는 마치 100m처럼 느껴졌다.)

―오빠!

"야! 너 아무 일도 없으면 아무 일도 없다고 오빠한테 전화부터 해야 할 거 아냐!"

현석이 버럭 소리를 질렀다. 현석의 주변에서 점심시간을 만끽하며 쉬고 있던 직원들 몇몇이 깜짝 놀라 현석을 쳐다봤지만 현석의 심정을 알고 있기에 한숨을 푹 쉬고는 고개를 끄덕였다.

민서의 목소리가 들려왔다.

―우리 지금 다 지하로 대피해 있어! 군인들이 싸우고 있대. 쾅쾅 엄청 큰 소리도 들려!

현석은 다리를 달달 떨면서 껌도 씹지 않는 주제에 딱딱거리며 위턱과 아래턱을 부딪쳐 댔다.

'노멀 모드의 규격을 벗어난 슬레이어가 있다면 노멀 모드의 규격을 벗어난 몬스터도 있을 수 있겠지.'

현석은 정신병에 걸린 사람처럼 일어서서 한참을 서성였다. 군부대가 열심히 싸우고는 있으나 별로 효과는 없는 모양이었다. 그래도 그들은 싸워야 한다. 자국 영토 내에서 몬스터가 날뛰는 걸 구경만 할 수는 없는 노릇 아닌가.

소용없는 걸 알아도 미사일을 퍼붓고 공격해야만 하는 거다.

그때, 때마침 종원에게 연락이 왔다.

—야, 현석아. 우리 자원자만 특공대로 조직해서 원주로 출발할 거다. 거기 민서 있지 않냐? 헬기 준비되어 있어. 빨리 와라! 같이 가자!

*   *   *

종원은 전화를 끊고서 투덜거렸다.

"괜히 허세 부리다가 죽는 건 싫은데……. 이건 아무리 봐도 허세인데……. 이건 진짜 미친 짓인데… 나 영웅놀이 싫은데. 우리 엄마가 허세 부리지 말랬는데. 우리 민혜도 허세 부리는 남자 진짜 싫어하는데."

머리를 신경질적으로 벅벅 긁었다. 그래도 안 갈 수는 없었다.

"내 친구새끼 동생이 지하에 갇혀 있는데, 가야지 어떡해."

지하 강당에 아이들이 피신해 있다고는 하는데, 그 안에는 식수도 식량도 없다. 지금이야 괜찮아도 조금만 시간이 지나면 혼란이 올 거고 실수로라도 싸이클롭스의 눈에 띄게 되면 건물 자체가 붕괴될 수도 있다. 수많은 아이가 건물에 깔려 죽거나 싸이클롭스에 의해 죽을 수도 있다. 종원이 계속해서 욕을 내뱉었다. 어지간히도 가기 싫은지 계속해서 거친 욕설이 튀어나왔다.

"씨팔, 씨팔, 씨팔. 가기 싫다, 가기 싫다, 가기 싫다."

그러나 그의 몸은 입과 다르게 움직여 헬기로 향했다.

＊　　　　＊　　　　＊

한국 유니온은 현재 박성형이 이끌고 있다. 현석의 생각대로 그는 탁월한 리더였다. 척살조를 계승한 한국 유니온은 이미 자리를 완전히 굳혔으며 슬레이어들을 대변하는 대표 기관이 되었다.

헬기 탑승 직전, 성형이 말했다.

"이건 우리에게 좋은 기회가 될 수 있습니다."

그 다음 말은 하지 않았다. 좋은 기회이지만 마지막 기회일 수도 있다. 죽으면 모든 게 끝이니까.

현석은 마음이 굉장히 초조했다. 현재 가용 가능한 이동 수단 중 가장 빠른 수단을 타고 이동하고 있는데도 그랬다.

　싸이클롭스는 황당하게도 원주 고등학교의 운동장에 대(大) 자로 누워 낮잠을 자고 있다고 했다. 더욱 황당한 건 그렇게 무방비 상태의 괴물을, 정부도 어떻게 하지 못하고 있다는 거다.

　미사일보다 더욱 강력한 무기를 사용하면 학교 내의 아이들이 다칠 수가 있다. 지하에 대피해 있기는 하지만, 파괴력이 더 큰 무기를 사용하는 건 아직 보류 상태였다.

　'과연… 그놈에게도 내 힘이 통할까?'

　그건 확실하지 않았다. 원래 현석은 안전하지 않은 슬레잉은 하지 않았다. I'UET와 슬레잉을 할 때에도 뒤에서 공격만 했다. 던전을 공략할 때도 던전에 대한 정보를 충분히 얻은 뒤에 움직였다. 몬스터를 슬레잉할 때도 마찬가지였고.

　결과적으로 미지의 몬스터에 대한 슬레잉은 이번이 처음이라는 뜻이었다. 만약 민서가 관련되어 있지 않았다면 이번에도 움직이지 않았을 가능성이 높지만 어쨌든 그는 움직였고 지금 상황을 최대한 냉정하고 침착하게 바라보려고 애쓰고 있는 중이다.

　'내가 전위를 맡는 게 나을 것 같은데.'

　현재 슬레잉에서 전위의 개념은 '방어'에 상당히 가깝다고 볼 수 있다. 온라인 게임에서 말하는 '탱킹'이 전위의 개념이라 할 수 있었다. 어그로를 잡아끌고 방어에 주력하는 형태다. 그리고 '후위'가 바로 딜러의 개념에 가까웠다.

노멀 모드에 접어들면서 클래스가 다양화되었지만 그래도 전체적인 형태는 비슷했다. 근거리 무기를 가지고서 공격하는 형태. 공격력이 높으면 방어력도 높게 마련이고 방어력이 높으면 공격력이 높게 마련이기도 해서 사실상 '탱커'나 '딜러'처럼 딱딱 구분되는 것은 아니었으나 어쨌거나 비슷한 개념이라고 보면 되었다.

성형이 말했다.

"실례인 것은 알지만 방어력이 3천 이상이신 분들은 거수해 주시면 감사하겠습니다."

몇 명이 손을 들었다. 현석은 손을 들까 말까를 고민했다. 사실상 현재 전위는 매우 위험하다. 충격 수치를 제대로 알 수 없는 상황이고 몬스터의 대미지도 구체화되지 않았다. 잘못 맞으면 죽을 수도 있다는 소리다.

'뒤에서 공격하는 게 나을까.'

현석은 마음을 굳혔다. 손을 올렸다.

'일단 막아내는 게 우선이다.'

현석은 잠시 눈을 감았다.

'이번에 내 역할은 전위다. 그에 걸맞은 아이템이 있으면 좋겠지.'

아이템 창을 활성화시켰다.

*   *   *

헬기가 원주에 도착했다. 세계의 이목이 집중됐다. 한국 유니온에서 조직한 80인의 결사대. 그들이 싸이클롭스를 슬레잉하기 위해 움직였다. 한국 내 톱이라 자부하는 이들이었다.

성형이 현석을 따로 불렀다.

"전위를 맡을 거냐?"

"예, 아무래도 그 편이 나을 것 같네요."

"아무리 너라고 해도 위험할 수 있어."

그건 현석도 충분히 알고 있다. 그래서 이번에 업적 포인트와 스탯 30을 소비해서 아이템을 샀다.

일반적인 상점에서 파는 것도 아니고 '최상위 등급 슬레이어 상점'에서 산 물건이다. 다른 사람들에게 있어서 스탯 30은 엄청난 출혈이지만 현석에게 있어서 스탯 30은 충분히 감당 가능한 수치였다. 이번에는 지성 스탯을 소비했다.

덕분에 지성 스탯은 현재 208이 되어 다른 수치들에 비해 초라한(?) 수치를 갖게 됐다.

'놈이 노멀 모드의 규격을 넘는 놈이 아니길 빌어야지.'

전력으로 싸울 생각이었다. 현석은 헬기 내에서 구입한 아이템을 꺼내 들었다. 불가능 업적 횟수 포인트와 스탯 30을 소비하여 구입한 방패다. 성형은 현석이 아이템을 꺼내드는 걸 처음 보았지만 그걸 구태여 입 밖으로 꺼내 말하지는 않았다.

현석은 아이템을 다시 한 번 확인해 봤다.

[바다를 받치다―노멀(현)]

7만 년 전, 반란을 일으켰던 거인왕 헤란툴토스가 신이 일으킨 분노의 해일에 맞설 때 착용했던 방패. 전설에 따르면 헤란툴토스는 '바다를 받치다' 로 해일을 막아냈다고 전해진다.

등급: Normal(현)

방어력: 7,000

내구도: ?

필요 힘: 199

필요 체력: 199

특수 능력: 아이템 착용 중 단 1회. 착용자의 H/P가 0에 이르도록 만드는 물리적 공격을 막아낸다. 단, 아이템의 등급을 넘어서는 물리 공격은 방어가 불가능하다.

아이템의 설명은 장황하기 짝이 없었지만 등급은 '노멀' 이었다. 그러나 현석은 실망하지 않았다. 아마도 이 등급이라는 것은 모드 혹은 현재 능력에 따라 변화하리라고 확신했다. 현재 노멀 모드이니 노멀로 적용되었을 수도 있고 현재 현석의 스탯이 그 정도라 노멀로 적용되었을 수도 있다.

그가 할 수 있는 모든 준비는 끝났다. 노멀 모드 규격 외의 스탯을 가진 현석이다. 분명 그는 강하다. 그러나 싸이클롭스 역시 노멀 모드 규격을 벗어났으리라 짐작 된다. 그 파괴력과 움직임을 보면 대충 느낌이 온다.

수많은 기자가 목숨을 걸고 이 상황을 중계하기 시작했다. 세계 각국의 언어가 터질 듯이 쏟아져 나왔다.

─한국 내 최고라 자부하는 슬레이어 80여 명이 결사대를 조직했습니다.

─시민 여러분. 부디 80여 명이 무사히 싸이클롭스 슬레잉에 성공하길 빌어주십시오! 한국의 희망 80인이 힘찬 걸음을 내딛습니다!

한국인들은 물론이고 세계 각국의 사람들이 새로이 나타난 신종 몬스터 싸이클롭스와 80명의 결사대의 행보를 주목하기 시작했다.

CHAPTER 6

전위를 맡은 슬레이어는 총 30여 명. 싸이클롭스의 주된 공격무기는 오른손에 든 거대한 몽둥이다. 애초에 5미터가 넘는 괴물이 쿵쿵대며 걷는 것만으로도 이미 매서운 무기라고 할 수 있지만 인간을 공격할 때엔 대부분 몽둥이를 사용하는 것으로 관찰되었다.

　30여 명은 즉시 조를 짜서 움직이기 시작했다. 싸이클롭스의 몽둥이를 30명 전부가 한꺼번에 막아낼 수 있는 건 아니다.

　6명씩 조를 짜서 5개의 팀을 만들었다. 5개의 팀이 유기적으로 돌아가면서 싸이클롭스의 공격을 막아내는 구조다. 어차피

6명이서 함께 힘을 합쳐 막는다고 해도 두세 번, 어쩌면 한 번의 공격도 막아내지 못할 수도 있다.

H/P의 손상 없이 안전하게 슬레잉하려면 통상 충격 수치의 300퍼센트 정도의 방어력으로 방어를 해야만 한다. 그런데 싸이클롭스의 충격량은 최소 1만 이상이다. 마력 수치와 충격 수치가 얼추 비슷하게 간다는 점을 고려했을 때 싸이클롭스를 안전하게 잡으려면 최소한으로 잡아도 3만 이상의 방어력이 필요하다. 그러나 싸이클롭스가 인간에게 공격을 행하는 몽둥이는 크기상 끽해야 6명 정도가 한 번에 막아낼 수 있을 정도다. 그이상의 슬레이어는 막고 싶어도 부피의 한계 때문에 막을 수가 없다.

성형이 자못 비장한 얼굴로 말했다.

"현석아, 너희 조가 첫 번째다."

"압니다."

"부탁한다."

성형도, 현석도 안다. 현석이 못 막으면 다른 슬레이어 팀도 못 막는다. 그땐 무조건 후퇴해야만 했다. 현석도 사실 긴장됐다. 여태껏 쉬운 슬레잉만 해왔다. 목숨의 위협을 받은 적은 단한 번도 없었다. 그런데 저 녀석은 실제로 긴장을 해야만 하는 상대다.

—전위를 맡은 슬레이어는 약 30여 명. 저들은 지금 목숨을 걸고 싸이클롭스를 향해 가고 있습니다.

—아직까지 잠에서 깨지 않은 싸이클롭스와 그를 향해 걸어가는 결사대입니다. 자랑스러운 대한민국의 용사들이 무거운 걸음을 옮기고 있습니다!

그러나 목숨을 도외시하고 특종을 잡기 위해 몰려든 기자들은 군인들에 의해 밀려날 수밖에 없었다.

"지금부터 촬영과 중계는 모두 금지입니다."

기자들은 항의했지만 군인들이 다소 강압적으로 제지하고 강제한 덕분에 중계는 모두 취소되었다. 얼마 지나지 않아 방송국에서 기자들을 철수시켰다. 국민들은 실시간 중계를 볼 수 없게 됐다.

싸이클롭스는 일단의 무리가 접근하는 것을 느꼈는지 싸이클롭스의 하나밖에 없는 눈이 번뜩 떠졌다. 그러고서 몸을 벌떡 일으켰는데 그 동작마저도 전광석화 같았다. 싸이클롭스는 허리를 숙이고 두 발을 사용해 엄청난 속도로 슬레이어들을 향해 달려왔다.

현석이 방패를 꺼내 들었다. 전위를 맡은 슬레이어들도 각각 방패를 꺼내 들었다. 뒤쪽에서 대기하던 버퍼진이 이들에게, 자신이 할 수 있는 모든 버프를 걸어주었다. 뒤쪽의 보조 슬레이

아들이 쿵쾅대는 심장을 부여잡으며 숨죽여 앞을 바라봤다.

현석이 눈을 부릅떴다.

'온다!'

하늘 위로 높이 올라간 나무 몽둥이가 햇빛을 가렸다. 그와 동시에,

후우웅!

요란한 파공성을 내며 몽둥이가 떨어져 내렸고 현석을 포함한 6명의 전위팀이 방패를 들어 올렸다. 모두가 이를 악물었다.

서로 간의 간격 조절이 매우 중요했다. 동시에 얻어맞는 것도 중요했다. 동시에 맞아야 대미지가 자연스럽게 분산되기 때문이다. 그래서 슬레이어 간의 호흡이 중요한 거다.

다행히 이들은 이러한 일에 자원을 할 만큼 실력이 뛰어난 이들이었고 현석 역시 최상위 급 길드인 I'UET와의 집단 슬레잉을 통해 직간접적인 경험을 많이 쌓아놓은 상태였다.

콰광!

흡사 폭탄이라도 터지는 듯한 거대한 소리와 함께 운동장의 흙이 폭풍처럼 휘몰아치기 시작했다. 흙먼지 때문에 시야가 가려졌다.

작전의 지휘를 맡은 박성형이 외쳤다.

"힐러진! H/P! H/P를 확인하세요!"

"네!"

"그리고 2팀! 대기하세요!"

싸이클롭스는 현재 움직임을 멈춘 상태다.

'현석이가 있으니까 버티는 건 문제가 아냐. 다만 문제는 얼마만큼의 대미지가 들어오느냐지.'

성형도 눈을 크게 떴다. 흙먼지가 걷히기 시작했다.

현석은 팔이 부들부들 떨리는 것을 느꼈다. 이 정도의 엄청난 힘은 처음 마주해 본다. 확실했다. 놈은 노멀 모드에는 있어서는 안 되는, 노멀 모드의 규격을 한참 벗어난 몬스터였다.

사실상 자신의 상태가 양호한 건 아니다. 기본적으로 슬레잉은 H/P가 깎이지 않는 것을 전제로 하여 진행한다. 충격 수치의 300퍼센트 방어력이라는 것도 전체 H/P의 10퍼센트 내외로 깎이는 것을 전제하였을 때의 값이다.

그런 의미에서 1/3이나 깎였다는 건 상당히 위험한 공격이라는 뜻이다. 싸이클롭스는 자신의 공격을 막아낸 6명의 인간을 노려보며 크르르— 숨을 내뱉었다. 움직임을 멈춘 게 아니었다. 현석의 눈이 빛났다.

'놈은 분명 반탄력 때문에 힘들어하고 있다!'

현석은 순식간에 상황 분석을 끝냈다. 현석은 무작정 힘 스탯만 높은 게 아니다. 지성 스탯도 높다. 적어도 현 상황을 파악할 정도는 됐다.

'대미지가 슬레이어의 능력치에 따라 분산되어 들어오는 게

확실해! 페널티다!'

그렇지 않고서는 현재의 상황이 설명되지 않는다. 아무리 동시 타격을 유도하여 대미지를 분산시켰다고는 해도 일반적인 상황은 아니었다.

'놈 역시 나와 마찬가지로 일종의 페널티를 갖고 있는 거야. 노멀 모드의 규격을 초과한 몬스터니까.'

현재 현석의 방어력은 5만 5천가량. 나머지 다른 슬레이어들의 방어력이 평균적으로 3천~4천가량이라 가정하면, 방어력만 놓고 보았을 때 현석 혼자서 나머지 인원들이 방어하는 양보다 무려 10배 이상의 충격을 흡수한다고 보면 됐다.

'거기에 더해 내 H/P통은 다른 사람들과는 비교할 수조차 없어. 그럼에도 불구하고 같은 비율로 대미지를 입었어. 이건 방어력뿐만 아니라 H/P 수치까지 고려하여 대미지가 분산되는 게 틀림없어. 틀림없다. 싸이클롭스에게 있어선 엄청난 페널티가 걸린 거야.'

대부분의 슬레이어들이 H/P가 약 1/3가량 감소했다. 현석도 예외는 아니었다. 현석 역시 1/3가량 게이지가 떨어졌다. 현석이 가진 H/P의 1/3은 일반적인 1/3이 아니다. 그의 1/3은 무려 33,000쯤 된다. 일반적인 슬레이어들의 H/P가 2~3천 정도 되니 그 10배쯤 되는 충격을 고스란히 받아낸 거다.

그리고 한 방 공격으로, 방어에 성공했는데도 현석의 H/P를 이렇게까지나 깎아내렸다는 건 저 싸이클롭스는 확실히 노멀 모드의 규격을 훨씬 뛰어넘은 몬스터라는 뜻이었다. 하드. 어쩌면 그 이상의 몬스터 급이라는 소리다.

버그 몬스터라고 불러도 될 법한 공격력이었다.

'그런데 문제는……. 나 역시 3번 정도 막는 게 한계라는 거야.'

지금이 기회다. 지금 놈은 반탄력 때문에 잠시 숨을 고르며 쉬고 있다.

'이 정도 반탄력에 힘들어하는 것을 보면… 놈의 방어력은 공격력과 스피드에 비해 월등히 낮다. 맷집이 약한 전형적인 공격형 몬스터야.'

이때 공격을 퍼부어야 한다. 공격을 맡은 슬레이어들이 싸이클롭스를 공격하기 시작했다. 전위를 맡은 현석이 포함된 팀이 외쳤다.

"이쪽이다! 이 괴물 새끼야!"

6명이 각자 자신 있는 스킬로 싸이클롭스에게 공격을 퍼부었다. 어그로를 끌기 위해서다. 싸이클롭스는 성이 난 듯한 차례 더 몽둥이를 휘둘렀다.

후우웅! 콰과광!

파공성이 일고, 폭발음이 터져 나왔다.

현석을 비롯한 팀이 다시 한 번 그 공격을 막아냈다.

싸이클롭스는 공격력은 굉장히 강하지만 방어력은 약한 축에 속하는 몬스터인 듯했다. 특히나 가끔씩 크리티컬 히트가 터지는 건지, 꼼짝도 않던 실드의 게이지가 순식간에 팍팍 닳아버리는 경우가 있었는데 성형은 그걸 결코 우연이라 생각하지 않았다.

'현석이의 힘이야, 이건.'

싸이클롭스의 실드 게이지가 뭉텅뭉텅 깎이는 건 현석이 주먹과 발을 내뻗을 때다. 분명했다. 수십 명이 공격을 하고 있지만 제대로 공격이 들어가는 건 거의 현석의 공격이 들어갔을 때였다. 확신은 하지 못하지만 현석의 공격으로 인해 실드가 휘청이고 그때 다른 슬레이어들의 공격이 빛을 발하는 그런 상황이었다.

'그런데… 힐이 먹히지 않아.'

성형은 싸이클롭스 공략의 주된 힘을 바로 현석에서 찾고 있었다. 그 역시 노련한 슬레이어다. 적어도 현석의 능력을 어느 정도 알고 있는 상황에서 다른 이들과 현석의 H/P가 비슷하게 떨어져 내렸다는 건 현석에게 대부분의 대미지가 가해졌다는 소리다.

'현석이의 H/P는 일반 슬레이어보다… 적어도 3배는 훨씬 넘을 거다.'

성형은 잘 모르고 있지만 3배가 아니라 수십 배는 된다. 그럼에도 불구하고 비슷한 비율로 H/P가 떨어졌고, 절대량이 엄청나게 높은 현석에게 지금 수준의 회복 슬레이어들의 힐은 도움이 되지 못한다는 소리다.

현석과 성형은 동시에 비슷한 생각을 하고 있었다.

'다행인 것은 싸이클롭스의 방어력은 형편없는 수준이라는 것!'

현석 역시 보다 적극적으로 공격에 임했다. 수십여 명이 달라붙어 여기저기서 공격을 퍼붓고 있는 상황이라 누가 어느 만큼의 대미지를 가했는지는 확인되지 않고 있지만 몇 분 지나지도 않았는데 싸이클롭스의 실드 게이지는 거의 바닥을 치고 있는 상황이었다.

싸이클롭스는 성이 난 듯 몽둥이를 또 한 차례 휘둘렀다. 전위 2팀을 막고 있는 팀장 장혁준이 외쳤다.

"이번엔 2팀이 막습니다!"

1팀의 H/P는 현재 힐을 꾸준히 받고 있음에도 불구하고 절반 수준. 더 이상 공격을 허용하면 위험하다는 판단하에 전위 2팀을 맡은 팀장이 소리치며 끼어들었다. 그러나 순식간에 6명이 전부 자리를 교체할 수는 없는 노릇이다. 장혁준은 현석을 제외한 다른 인원들을 한 명, 한 명 교체시키려고 했다. 각 팀의 팀장급은 현석의 능력을 어느 정도는 전해 들었다. 최소한의 정보 공개도 없이 슬레잉을 진행할 수는 없는 노릇이었으니까.

현석은 이를 악물었다.

'여기서 내가 빠지면 이들은 전부 죽는다!'

현석의 H/P는 약 1/3가량 남았다. 2번의 공격을 막아냈기 때문이다. 현재 싸이클롭스의 실드는 완전히 깨졌고 H/P바가 드러난 상태다.

'시간이……. 아슬아슬하다.'

싸이클롭스는 한 번 공격을 하고, 한 차례 쉬고를 반복하는 패턴을 보이고 있었다. 이것이 페널티 때문인지 아니면 습성인지 그도 아니면 현석의 반탄력 때문인지는 확인할 수 없지만 어쨌든 그건 슬레이어들에게 있어서 큰 유리함으로 작용할 수밖에 없었다. 싸이클롭스가 움직이지 않는 동안 마음 놓고 공격을 퍼부을 수 있으니까.

'한 번 공격이 들어오기 전에……. 무조건 놈을 죽여야 해.'

현석이 소리쳤다.

"저는 한 번 더 막습니다!"

전위 2팀의 길드원 하나가 '당신 H/P를 확인하라고! 얼마 안 남았어!' 라고 외쳤지만 그걸 전위 2팀의 팀장 장혁준이 제지했다.

상황이 급박한지라 길드원은 장혁준의 말에 얼른 수긍했다. 장혁준은 약간의 경외심을 담아, 아주 잠깐 현석을 쳐다봤다. 이번 슬레잉의 중추는 현석이다. 현석의 정확한 능력은 모르지만 현석이 빠지면 어떻게 될지 모른다. 전위팀이 전멸할 수도 있다.

장혁준이 외쳤다.

"1팀과 2팀 교체합니다! 3명 위치 전환!"

현석을 제외한 모든 인원, 5명을 모두 교체할 수 있으면 좋겠지만 시간이 없었다. 싸이클롭스가 다시 한 번 몽둥이를 치켜올리고 있었기 때문이다.

싸이클롭스의 H/P도 거의 바닥난 상태. 한 번 더 얻어맞으면 현석 역시 위험한 상태. '바다를 받치다'의 특수스킬이 있기 때문에 죽을 일이야 없겠지만 단 한 번밖에 사용할 수 없는 특수스킬이라 이대로 버리기엔 아까웠다.

현석이 태양을 가리는 몽둥이를 올려다봤다. 온몸에 힘이 바짝 들어갔다.

'제발⋯⋯. 빨리 뒤지란 말이다!'

피한다면 피할 수도 있다.

그러나 그가 피한다면 전위 1팀과 2팀의 멤버 5명은 모두 죽을 거다. 그리고 전위팀이 궤멸되는 그 즉시, 후위팀과 보조팀이 순식간에 도륙당할 수도 있다. 전위팀이 싸이클롭스를 붙잡고 있지 않으면 상대적으로 방어력이 약한 후위팀은 싸이클롭스를 온전히 공격할 수가 없다.

현석이 손아귀에 힘을 꽉 줬다.

'특수스킬이 있으니 죽지는 않을 거야. 한 번만 더 막는다.'

만약 H/P가 모두 닳는다고는 해도 믿는 구석이 있다. 보너스 스탯 30개와 업적 포인트가 아깝기는 하지만 그래도 바다를 받치다의 스킬은 현석의 목숨을 확실히 지켜줄 터였다.

현석이 방패를 들어 올렸다.

싸이클롭스의 H/P는 거의 바닥났고 현석의 H/P도 1/3 이하다. 한 번 더 공격을 허용하면 딱 한 번밖에 사용 못 하는 방패의 특수스킬을 날려 버릴 수도 있다.

사실상 이러한 특수스킬이 없었다면 현석도 무리해서 막아 내고 있지는 않을 테지만. 다른 슬레이어 5명의 목숨보다는 자신의 목숨이 더 중요한 게 사실이다.

싸이클롭스는 확실히 버그급의 몬스터였다. 그리고 노멀 모드에 걸맞지 않는 강함을 가지고 있기에 아마도 불가능에 근접한 업적이 인정될 거란 예상이다.

싸이클롭스가 몽둥이를 휘둘렀다. 그런데, 아까 두 번과는 약간 달랐다. 싸이클롭스의 진녹색 가까운 몸이 붉게 물든 상태였다.

후우웅!

거대한 파공성이, 아까보다 더욱 거대하게 밀려왔다.

[분노한 싸이클롭스의 일격이 가해집니다.]

[노멀 모드의 규격을 뛰어넘은 몬스터의 규격 외 특수 공격입니다.]

[노멀 등급 이하의 모든 특수방어 능력을 무효화합니다.]

[통상적인 방법으로는 막을 수 없습니다.]

알림음이 들려왔다. 노멀 모드의 규격을 뛰어넘은 규격 외 특수 공격이며 노멀등급 이하의 모든 특수방어 능력을 무효화 시키는 공격이라고 친절하게 알려줬다. 이건 슬레이어들에게 메리트였다. 어쨌거나 공격에 대한 정보를 더 많이 받을 수 있었으니까.

그러나 사실 메리트라고 하기에도 힘든 것이, 이미 몽둥이는 코앞까지 다가왔고 피할 새가 없다는 거다. 현석이 이를 악물었다. 규격 외 특수 공격이란다. 현석을 비롯한 이 자리의 모든 슬레이어들이 처음 경험하는 공격이었다.

현석이 이를 악물었다.

'젠장!'

현석이 믿고 있던, '바다를 받치다'의 특수효과는 분명 공격을 무효화시키는 특수스킬이 포함되어 있었다. 그런데 싸이클롭스의 공격은 노멀 모드까지의 모든 방어스킬을 무효화시킨단다.

그런데 '바다를 받치다'의 등급은 노멀이었다. 바다를 받치다의 특수스킬을 무효화시키는 특수 공격이라는 소리다.

아주 잠깐이지만 슬레잉에 끼어든 것을 후회했다. 스킬로 막아낼 수 없는 특수 공격이 머리 위로 날아들었다.

*   *   *

성형이 외쳤다.

"피해!"

그러나 알림음이 너무 늦게 떠서 피하기가 거의 불가능에 가까운 상황이다. 피하면서 싸우려면 진작에 그렇게 싸웠다.

그러나 공격에 특화된 슬레이어와 방어에 특화된 슬레이어가 나뉘어져 있고, 싸이클롭스를 슬레잉하기에 방어형 슬레이어는 공격력이 지나치게 낮고 공격형 슬레이어는 방어력이 지나치게 낮기 때문에 어쩔 수 없이 이렇게 역할을 분담해서 싸우는 거다.

피하면서 공격이 가능하다면 그게 가장 좋겠지만 회피와 공격 그 모두를 잘하기란 요원한 일이었다. 현석처럼 모두가 올 스탯 슬레이어인 것은 아니었으니까.

전위팀은 방어에 충실해야 하고 후위팀은 공격에 충실해야 한다. 그게 슬레잉의 정석이다. 심지어 슬레이어들은 일반적인 슬레이어들인데 몬스터는 노멀 모드의 몬스터가 아니다.

현석이 이를 악물었다.

'젠장!'

차라리 혼자 싸우면 훨씬 쉽게 잡을 수 있을 거란 생각이 들었다. 방어에 특화된 이들이 왜 방어에 나서느냐, 한다면 공격형 슬레이어들과 보조 및 회복 슬레이어를 보호하기 위해서라고 답할 수 있다. 그러니까 방어에 나서는 거다.

그러나 만약 딱히 방어를 해줘야 할, 그러니까 지켜야 할 상대가 없다면? 그리고 스스로가 몬스터를 타격할 충분한 수단과 힘이 있다면? 그땐 얘기가 달라진다. 아예 처음부터 혼자 싸웠으면 상황이 훨씬 편했을 거다.

어차피 주사위는 던져졌다. 피하려면 피할 수도 있기는 있다. 현석이 피하면 전위 1팀과 2팀의 5명은 무조건 죽는다. 이후 어그로가 튀어 반드시 사망자들이 발생한다. 몇 명이 죽을지는 모른다. 현석 없이는, 싸이클롭스의 공격에 스치기만 해도 시체가 될 거다.

그러나 현석이 막으면 그런 일은 벌어지지 않는다. 다만 현재 H/P가 아슬아슬하다. 까딱 잘못하면 죽을 수도 있다. 아주 짧은 그 몇 초 사이에 갈등을 수십 번을 반복했다.

싸이클롭스의 H/P도 거의 0에 가깝다. 몽둥이가 가까이 날아들었다.

후우웅—! 거대한 파공음과 함께,

"Ratio Heal!"

몽둥이가 현석을 비롯한 전위팀의 방패에 부딪침과 거의 동시에, 그러니까 현석의 H/P가 급속도로 줄어들 때에 누군가가 급박하게 외쳤다.

현석은 순식간에 H/P가 차오름을 느꼈다. 여태껏 다른 힐러들에게는 아무리 힐을 받아봐야 소용이 없었다. 아무리 상급힐이라고 해도 현재 힐러들의 수준으로는 현석의 엄청난 피통에 영향을 줄 수 없었으니까. 그리고 현석이 아는 한, 비효율적인 상위 스킬인 Ratio heal을 익힌 사람은 평화뿐이다.

대미지가 완전히 들어오기 전에, 싸이클롭스의 몸이 기울어지기 시작했다.

성공이다. 아슬아슬하게 성공했다.

[싸이클롭스를 사냥했습니다.]
[노멀 모드 규격을 초과하는 몬스터로 업적이 인정됩니다.]
[불가능한 업적으로 인정됩니다.]
[보너스 스탯 +30이 주어집니다.]
[노멀 모드의 규격을 초과하는 스탯으로 인한 페널티로 50퍼센트 차감되어 지급됩니다.]

알림음이 들려왔다. 목숨을 걸고 슬레잉에 참여했던 80여 명의 슬레이어들이 너 나 할 것 없이 만세를 불렀다.

미사일로도 어쩌지 못한 괴물을 인간들의 힘으로 사냥한 거다. 그리고 그 괴물은 노멀 모드의 규격을 초과하는 몬스터로서 불가능한 업적으로 인정되었다. 그리고 보너스 스탯 30이 주어졌다. 이건 엄청난 거다. 종원의 경우는 힘 스탯 100을 넘길 수 있는 기회가 온 거다.

슬레잉이 불가능한 몬스터를 슬레잉했다는 만족감과 성취감, 그리고 살았다는 안도감과 여태껏 들어보지도 못한 엄청난 보상에 대한 기쁨이 한데 어우러져 모두가 환호했다.

현석은 바닥에 벌러덩 드러누웠다.

H/P가 완전히 바닥나기 전에 누군가 힐을 써줬다. 아마도 Ratio Heal인 것 같았다. 그리고 현석이 아는 한 Ratio Heal을 구사하는 힐러는 딱 한 명뿐이다. Ratio heal은 상급힐과 마찬가지로 힐 이후에 생겨나는 상위 급 스킬인데 회복 슬레이어의 대부분은 Ratio heal보다는 상급힐을 선택하여 육성하는 경우가 대부분이다. 피통이 엄청난 현석을 회복시켜야 하는 평화 같은 특수한 경우가 아니면 Ratio heal보다 일반힐의 효과가 훨씬 좋다.

"오빠!"

강평화가 달려와 드러누운 현석의 머리맡에 무릎을 꿇고 앉아 엉엉 울었다. 어찌나 서럽게 우는지 누가 보면 초상이라도 난 줄 알겠다.

그녀의 서러운 울음에 혹시라도 현석이 사망한 건 아닌가 사람들은 현석의 H/P를 눈여겨보았으나 다행히 완전히 0은 아니었다. 0에 가까웠을 뿐. Ratio heal에 의해 회복이 됨과 동시에 H/P가 깎여 나간 것 같았다.

"뭘 그렇게 서럽게 우냐? 화장 열심히 했구만 다 지워진다."

"오빠!"

"아니, 그니까 울지 말라니까? 나 안 죽었어. 너 어떻게 여기까지 왔어?"

평화는 어떻게 왔냐는 현석의 말에 대답을 못하고 흐어엉, 흐어어엉 하고 울었다. 끅끅대며 숨을 쉬지 못해서 말을 제대로 잇지도 못했다.

그저 '오빠, 오빠'를 자꾸만 읊조리는데 현석은 피식 웃고서 손을 들어 올려 평화의 뺨을 어루만졌다. 펑펑 우는 모습을 보아하니 문득 귀엽다는 생각이 들었다.

"안 그래도 못생긴 얼굴, 더 못생겨진다. 그러지 마라. 너한테 카메라 줌 되는 거 안 보여? 이왕이면 예쁘게 나오는 게 좋잖아."

그 말에 움찔한 평화는 얼른 얼굴을 푹 숙였다. 사실 카메라는 모두 철수하고 없다. 그 사실을 깨달은 평화는 울먹이면서도 얼굴이 시뻘겋게 달아올랐다.

너무해요 오빠라는 말이 끅끅댐과 히끅댐 사이에 어찌어찌 들려오긴 했는데 발음 자체가 너무 이상해서 제대로 알아들을 수는 없었다.

현석이 피식 웃었다. 누군가 자신을 위해 울어준다는 건 그렇게 기분 나쁜 일은 아니다. 그것도 이렇게 서럽게 울고 있는 모습을 보아하니 평화의 진심이 느껴지는 것 같다. 뭐랄까. 잊고 있었던 설렘이 느껴진다고나 할까.

여기까진 좋았다. 민서가 합류하기 전까진.

　　　　*　　　　　　*　　　　　　*

현석은 고개를 절레절레 저었다.

그날만 생각하면 치가 떨린다. 싸이클롭스도 싸이클롭스지만 두 여자를 감당하기가 너무 힘들었던 날이었다.

평화가 조금 진정되는가 싶더니 민서가 달려 나와 엉엉 울어대는데, 울음에 전파력이 있기라도 한 건지 진정되는 것 같던 평화도 덩달아 다시 울음을 터뜨렸고 현석은 그 둘을 달래느라 진땀을 빼야만 했다.

아무리 여자에 익숙한 현석이어도 서럽게 울고 있는 두 여자를 순식간에 달래고 어를 능력은 갖고 있지 않았다.

　—싸이클롭스는 '불가능한 업적'에 해당하는 개체였으며 이는 노멀 모드의 규격을 훨씬 뛰어넘는 버그급 몬스터로…….

—레드스톤의 가치를 알기 위해 전문가들이 조사와 연구를 진행하고는 있으나 정확한 가치가 측정되지 않고 있는 상황이며…….

—이론값에 의하면 레드스톤은 서울시의 하루 전력량을 충당할 수 있다고 예측되고 있으나 그린스톤의 전례와 비추어 살펴보면 얼마만큼의 오차가 있을지 확신할 수 없는 단계이며…….

불가능 업적에 해당하는 규격 외 몬스터 싸이클롭스를 슬레잉했더니 레드스톤이 나왔다.

80여 명이 결사대를 꾸려서 슬레잉에 성공한 건 좋은데 그 이후가 조금 문제였다. 다행이라면 싸이클롭스는 아이템을 드랍하지는 않았다는 것. 아이템을 드랍했다면 분배를 어떻게 해야 할지 가늠할 수 없었을 테니까.

싸이클롭스를 슬레잉했더니 나온 아이템은 레드스톤 하나였다.

이것 역시 정확한 가치를 알 수 없어 일단 정부는 유니온의 보증 아래, 레드스톤을 수거해 갔는데 아무래도 엄청난 가치를 지닌 물건인 것 같았다.

박성형은 슬레잉시 도움을 준(결사대 80인을 제외하고 자원하여 참여한 보조 슬레이어와 회복 슬레이어 10여 명)슬레이어들에게 유니온 차원에서 1,000만 원을 지급했다.

사실상 그들의 힘이야 그렇게 크지는 않았다만 목숨을 걸고 도와주러 온 것에 보상하는 한편, 다른 슬레이어들을 독려하기 위한 방침이었다.

또한 박성형은 80인을 불러 모아 얘기를 했다. 그의 얘기를 요약하자면,

'현재 레드스톤의 가격을 정부와 협상 중에 있습니다. 빠르게 협상하면 싼 가격에, 천천히 시간을 두고 협상하면 비싼 가격을 얻어낼 수 있을 텐데 어떤 게 좋으십니까?'

였다.

싸이클롭스의 등장을 계기로 슬레이어들의 권위가 한층 더 높아졌다고 할 수 있겠다.

미사일도 통하지 않는 괴물을 인간들이 사냥했다. 이젠 단순히 돈이 되는 몬스터가 아니라, 말 그대로 생명을 위협하는 '괴물'이 나타난 셈이다.

이러한 괴물이 또 나타나면 정부는 이제 슬레이어들에게 의지할 수밖에 없는 상황이고 그러니까 슬레이어들의 몸값은 천정부지로 치솟게 되는 거다. 슬레이어 외에 다른 방책이 거의 없다시피 하니까.

지금은 슬레잉 자체에 세금을 내고 있는데 어느 순간이 오면 오히려 돈을 받고 슬레잉에 나서는 시대가 올지도 모를 일이다.

성형이 물었다.

"혹시 지금 당장 돈이 급하신 분 계십니까?"

80명 중 3명이 손을 들었다.

"현재 정부가 제시한 금액은 세금을 제외하고 약 100억가량 됩니다. 저는 그보다 훨씬 더 큰 금액을 받아낼 생각입니다. 그러나 지금 당장 보상을 원하시는 분이 있다면 제가 따로 보상을 하겠습니다. 다만 추후에 레드스톤 금액의 지분을 주장하실 수는 없을 겁니다. 쉽게 말씀드리면 제가 제 사비로 레드스톤에 대한 지분을 사는 겁니다. 저 말고 다른 분이 지분을 사고 싶으시다면 양보할 수 있습니다."

3명은 알겠다고 대답했다.

성형은 3명을 비롯한 슬레이어들과 이야기를 나눈 끝에 3명에게 각각 1억 5천만 원을, 자신의 사비로 그 자리에서 지급했고 그 3명으로부터 레드스톤 금액의 지분을 양도받았다.

물론 다른 슬레이어들의 동의를 받는 것도 잊지 않았다.

공헌도에 따른 차등 분배 법칙은 적용되지 않았다. 누가 어느 만큼 슬레잉에 기여했는지 객관적으로 파악할 수 있는 방법이 없기 때문이다.

여태까지의 관행은 1/N이었는데 이번에는 전위팀에 어느 정도 몰아주자는 얘기가 나오긴 했다.

사실상 전위팀이 가장 큰 위험을 무릅쓰고 슬레잉을 진행했었으니까. 객관적인 지표는 없지만 누가 봐도 전위 1팀이 제일 고생했다.

그러나 수익에 관한 것은 굉장히 민감한 문제이니만큼 그 자리에서 정하지 못했고 좀 더 상의하여 의견을 조율하기로 했다.

*   *   *

성형. 그러니까 한국 유니온은 그날부터 정부와 대대적인 협상에 들어가기 시작했다.

한국 유니온의 최정상급 슬레이어들은 이제 다른 슬레이어들로 대체가 불가능하다. 그리고 그 최정상급 슬레이어들은 다른 슬레이어들보다 현재 정부에게 불만이 많은 상태다.

슬레잉을 하려면 돈을 내고 라이센스를 따야 하고 또 슬레잉에 세금을 걷는다. 게다가 그린스톤의 가격도 싸게 후려치면서 거기에 이중으로 또 세금까지 부과하니 열이 뻗치는 상황인 거다.

그러나 이제 상황이 달라졌다.

슬레이어들이 제 목소리를 낼 수 있는 상황이 펼쳐진 거다.

전위팀의 팀장 6명을 비롯하여 몇몇 최상위 급 슬레이어는 현석의 능력에 대하여 어느 정도 파악을 할 수 있었다.

그중 3명이 무언가 냄새라도 맡았는지 현석에게 따로 연락을 하여 음료수를 사 들고 인사를 왔다.

딱히 청탁이나 뇌물이라고 볼 수도 없는 가벼운 것이었지만 그래도 현석과 안면을 트고 싶어 하는 것 같았다. 그 3명 중에서도 눈에 띄는 사람이 한 명 있었다.

'연수라는 사람이 재미있었지.'

나이는 현석과 동갑이었다.

전위팀의 팀장을 맡을 만큼 실력이 뛰어났고 덩치도 컸으며 험상궂은 얼굴을 가졌지만 그에 반해 지나치게 순수하고 순박한 구석이 있던 사람이었다.

원래 이런 거 안 하는데 마누라가 시켜서 어쩔 수 없이 왔다고, 우물쭈물대면서 솔직하게 털어놓으며 얼굴이 새빨갛게 달아오르는 모습이 재미있다면 재미있었다.

'다른 곳에서도 싸이클롭스가 나타나면……. 나는 어떻게 해야 하지?'

현석은 이제 확실히 안다. 싸이클롭스는 현석이 없으면 슬레잉이 불가능한 개체다.

한국에서 싸이클롭스가 나타났다면 다른 곳에서도 싸이클롭스가 나타날 확률이 매우 높았다.

실제로 얼마 후 미국 캘리포니아 대평원에서 싸이클롭스가 출몰했고, 다행히 평원이었던지라 미국은 파괴력이 큰 무기를 총동원하여 싸이클롭스를 사냥하는 데 성공했다. 그렇게 발표

됐다.

시가지에 나타난 한국처럼 제한된 상황이 아니라서 화력을 모조리 집중할 수 있었다.

정확한 자료는 나오지 않았지만 싸이클롭스 한 마리를 사냥하는 데 들어간 비용이 한화로 2,000억 원은 가뿐이 넘어간다는 말이 인터넷에 떠돌았다.

아쉬운 것이 있다면 화력을 쏟아부어 사냥한 개체는 아이템을 드랍하지 않는다는 것 정도였다.

재미있는 건 미국이 그렇게 사냥에 성공하고 나자 싸이클롭스가 생각보다는 약한 개체가 아니냐는 말이 생기기 시작했다는 거다.

한국에서 일부러 과장하여 광고식으로 얘기를 퍼뜨렸다는 얘기가 나돌기 시작했다. 특히나 일본 네티즌들 사이에서 한국을 비아냥거리는 목소리가 높아졌다.

시가지라서 폭발력이 강한 무기는 사용하지 못했다라거나, 그런 건 아무래도 상관없었다.

미국은 손쉽게(어디까지나 네티즌들 입장에서)싸이클롭스를 슬레잉했는데 한국은 무슨 목숨을 건 80인의 결사대니 뭐니 거창하게 해가면서 꼴값을 떨었다는 거다.

대략적인 반응을 살펴보자면 다음과 같았다.

—ㅋㅋㅋ 한국 새끼들 하는 게 원래 그렇지 뭐.

—80인의 결사대? ㅋㅋㅋㅋㅋㅋㅋㅋㅋ 개웃김.

—군사력이 그 모양 그 꼴이니 후진국을 벗어나지 못하는 것.

물론 '우리에게도 충분히 일어날 수 있는 일이니 조심하고 대비해야 한다', '한국의 군사력 역시 결코 일본에 못지않다'와 같은 말들도 있기는 했으나 그래도 한국을 비웃는 반응이 대부분이었다.

그에 반해 일본의 유니온 이치고의 유니온장 야마모토는 초조해했다.

'인정하기 싫지만 한국의 슬레잉 수준은 일본을 압도한다. 특히 그 남자는 절대 심기를 건드려서는 안 될 남자다. 언제 우리에게 큰 도움이 될지 몰라. 그리고… 같은 몬스터라고 할지라도 한국의 몬스터는 이쪽보다 훨씬 강해. 과연 우리가… 잡을 수 있을까?'

한국에서 나타났다면 언젠가 다른 곳에서도 나타날 확률이 높다.

인터넷에서 한국을 비웃고 있는 것과는 별개로 적어도 생각이 있는 사람들이면, 슬레잉에 관심이 조금이라도 있는 사람이라면 한국의 슬레잉 수준이 얼마나 높은지 알고 있다. 그리고 야마모토의 걱정은 기우가 아닌 현실로 드러났다.

　〈잇따른 무모한 슬레잉. 사망자 연달아 발생! 슬레이어
140여 명 사망!〉
　〈후쿠시마 원자력 발전소 근처. 폭격 불가!〉
　〈일본 정부, 초긴장 상태. 일본은 이 난관을 어떻게 헤쳐
나갈 것인가!〉

CHAPTER 7

일본의 경우는 더욱 심각하다고 할 수 있었다. 한국에 나타난 싸이클롭스는 그나마 시가지에 나타났다. 시가지에 나타나는 게 다행한 일이라고는 결코 표현할 수 없지만 적어도 원자력 발전소 옆에 나타나는 것보다는 훨씬 낫지 않은가.

무기를 사용한다면, 싸이클롭스 하나 잡으려다 그 지역, 아니, 지구를 방사능으로 덮어 버릴 수도 있는 노릇이다.

결국 강력한 무기가 아닌, 인간의 힘으로 잡아야 한다는 소리다. 강력한 무기를 사용하려면 적어도 싸이클롭스를 발전소와 멀리 떨어진 안전 권역으로 꼬집어내야만 했다.

그런데 황당한 건 그 싸이클롭스가 예전 한국 내에서 처음 등장했었던 때와 마찬가지로 일정 거리 이상을 벗어나지 않고 있다는 것과 발전소 시설을 파괴하지 않고 있다는 것 정도였다. 온순하다면 온순하다고 표현하는 게 맞는 표현일까.

일본인들은, 한국에서와 마찬가지로 싸이클롭스가 갑자기 사라졌다가 어디선가 갑자기 다른 곳에서 나타나는 것을 기도했으나 그 바람은 이루어지지 않았다. 하루가 지나고 이틀이 지나고 삼일이 지나도 싸이클롭스는 그 자리를 배회했다.

원자력 발전소 내에서 일하는 직원들은 덕분에 밖에 나오지도 못하고 3일이 넘도록 고립되어 있는 상태다.

일본 내 우려의 목소리가 높아짐과 동시에 한국도 했는데 까짓것 일본은 못하겠냐는 여론이 높게 일기 시작했다. 일본의 유니온인 이치고는 추이를 조금 더 지켜보겠다며 신중한 태도를 취하고는 있으나 상황은 그렇게 여유롭게 흘러가지는 않았다.

일본의 여론이 들끓어 오르자 일본 정부는 이치고에 압박을 넣기 시작했다. 한국에서 이미 슬레잉에 성공한 선례가 있다 보니, 일본인들을 비롯한 정부 인사들은 싸이클롭스의 슬레잉이 가능할 거라고 생각하는 경향이 강했다.

〈한국인들은 하는데 왜 우리는 못 하는가?〉
〈일본의 슬레이어들은 모두가 겁쟁이.〉

이치고의 유니온장 야마모토는 시름에 빠져들었다. 그는 한국 유니온의 힘을 안다. 적어도 예전에 던전을 순식간에 클리어해 버린 그 남자를 안다.

이름은 유현석. 이번 싸이클롭스 슬레잉에서도 전위 1팀을 맡으며 엄청난 활약을 한 남자다. 전위를 맡은 슬레이어들의 체력이 1/3씩 분배되어 깎여 나갔는데 사실상 그건 불가능한 일이다.

'모두의 H/P가 동일한 비율로 떨어지는 건 일반적인 경우에 불가능해.'

사람들이 뭐라고 떠들어대건 현석의 능력을 알고 있는 야마모토는 신중했다. 그 현장에 있었던 건 아니지만 적어도 당시의 상황을 파악해 냈고 그 싸이클롭스가 정상적인 형태의 몬스터는 아니라는 것은 눈치챘다. 하지만 그 정도의 안목이 없는 대중과 정부는 달랐다. 정부 차원에서도 압박이 들어오고 일본인들 역시 자국의 슬레이어들을 비난하기 시작했다.

사실상 슬레이어들이 비난받을 이유는 없다. 냉정히 생각해 보면 그렇다는 뜻이다. 그들은 이익을 위해서 슬레잉을 하는 거지 국민들의 안전과 생명을 지키기 위해 슬레잉을 하는 게 아니니까.

그들은 이익단체지 공익단체가 아니다. 그러나 어디 세상이 항상 이치에 딱딱 맞게 흘러갔던가. 일본 유니온의 침묵 속에 일본 내 길드 몇 팀이 싸이클롭스 슬레잉 팀을 구성하기 시작했다. 한국에게 여 보라는 듯 그 수는 70명으로 제한했다. 일본인들은 그 구성과 결단, 그리고 용기에 환호했다. 그리고 소식이 들려왔다.

〈결사대 슬레이어 70여 명 사망.〉

〈잇따른 무모한 슬레잉. 사망자 연달아 발생! 슬레이어 140여 명 사망!〉

〈후쿠시마 원자력 발전소 근처. 폭격 불가!〉

〈일본 정부 초긴장 상태. 일본은 이 난관을 어떻게 헤쳐나갈 것인가!〉

일본 열도 전체가 애도와 긴장의 숨결로 가득 찼다. 그 이후 위협을 느낀 90여 명이 또다시 슬레잉 팀을 구성하여 도전했다가 모두 그 자리에서 즉사하는 사태가 발생했다.

일본은 물론이고 전 세계가 충격에 빠져들었다.

*   *   *

성형은 정부에서 발급해야만 하는 라이센스 외에, 또 다른 제도를 하나 확립시켰다. 바로 등급제도였는데 이것은 말 그대로 슬레이어의 등급을 결정해 주는 일종의 지표와도 같은 제도였다.

"현석아, 너는 유일한 등급 플래티넘이다."

"플래티넘이요?"

"그래, 우리나라에 딱 한 명, 너. 너의 신상에 대해서 뿌리진 않겠지만 플래티넘 등급의 슬레이어가 단 한 명 존재한다는 건 알려야겠지. 필요한 순간에 그걸 공개하면 어느 때고 잘 활용할 수 있을 거야."

성형은 등급제도에 대해 조금 더 설명했다.

"훈장이 따로 나가긴 할 건데, 그것보다는 네 지문을 통해 네 등급을 확인시켜 줄 수 있어."

"지문으로요?"

"그래, 소리와 연계할 거거든. 스마트 도감에 지문 인식 시스템을 도입해서 그 지문을 통해 슬레이어의 등급을 표시할 거야. 네 실력을 증명해야 할 때 사용하면 돼."

지문을 활용한 등급 증명.

해킹의 위험성도 있고 신상이 드러날 수 있다. 그러나 그거야 그렇게 큰 문제라고 보기는 힘들었다. 적어도 신상 비밀 유지 문제만큼은 말이다.

어차피 현석의 신상은 완벽한 비밀이라고는 볼 수 없다. 예상하기로는 아마 미국 등에서는 위성을 통해 싸이클롭스 슬레잉을 분석했을 테고 현석의 신상을 어느 정도 파악했을 거다. 이미 일본 유니온은 현석에 대해 알고 있고 말이다.

다만 최상위 슬레이어 혹은 정부기관에서 현석을 알고 있느냐와 대중이 알고 있느냐는 또 다른 문제다.

현석은 조금 감탄하며 고개를 끄덕였다.

'대단하긴 하네.'

현석과 성형은 며칠 전 비슷한 생각을 가지고 얘기를 나눴다. 둘 모두 현석을 어느 정도는 드러내는 것에 동의했다. 성형이 좋은 생각이 있다고 말한 뒤 겨우 3일 만에 이런 결과를 들고 왔다.

현석은 성형을 쳐다봤다.

'소리에… 큰 영향력을 끼칠 수 있는 건 확실해.'

현석이 물었다.

"형님, 근데 형님 어떻게 그렇게 소리에 큰 힘을 행사하는 겁니까?"

"너 몰랐냐?"

"뭐가요?"

"나 소리 대주주야. 소리가 이렇게 크기 전부터 대주주였고. 사실 원래 작은 전자회사였잖아. 지분을 우리 가족이 대부분 먹고 있거든."

현석은 입을 쩍 벌렸다. 성형은 피식 웃었다. '뭘 이런 걸로 놀라고 그러냐, 소리가 원래부터 큰 회사도 아니었고 그냥 어쩌다 좋은 거 만들어서 잘 팔게 된 거고 덕분에 돈 좀 번 것뿐인데' 라면서 겸손하게 말했지만 어쨌든 대단한 건 대단한 거다.

그러던 차, 일본으로부터 도움요청이 들어왔다.

"싸이클롭스를 잡아달란다."

"싸이클롭스를요?"

"그래, 슬레이어들이 100명 넘게 죽었다는 모양이야."

성형이 예측했다.

"그런데 내 생각에는 저 싸이클롭스는 한국에 나타났던 놈보다 약할 거 같단 말이지."

"그래요?"

"어떠냐? 슬레잉 참여할래? 전적으로 네 결정에 따라 우리의 행보가 갈리겠지. 그것도 아니면 플래티넘 슬레이어의 존재를 각인시키는 용도로 사용할 수도 있고."

현석은 고민했다. 저번에 나타난 싸이클롭스는 정말 위험했다.

안전제일주의를 표방하던 불과 얼마 전의 자신이었다면 제안을 듣자마자 바로 NO라고 말했을 거다. 그런데 지금은 조금 고민 된다.

여태까지의 패턴을 보아하니 일본에 나타난 싸이클롭스는

분명 한국에서 나타난 개체보다는 약할 거다. 하지만 그렇다고는 해도 위험한 몬스터라는 건 변함없었다. 처음 싸이클롭스에게 자신만만하게 도전했던 70인의 일본 결사대가 결코 약한 슬레이어들은 아닐 테니까.

'평화의 Ratio Heal이 있으면……. 그리고 공격진이 막강하다면 가능해.'

현석은 그렇게 생각했다가,

'아니, 차라리 나 혼자 슬레잉을 한다면…….'

생각에 빠져들었다. 성형은 현석이 사색에 빠진 것을 방해하고 싶지 않은지 옆에서 잠자코 지켜보기만 했다.

'사실상 집단 슬레잉의 가장 큰 목적은 안전의 확보와 효율적인 공수의 전환이야.'

체력과 방어력이 높은 슬레이어들이 방어를 맡고, 민첩하고 날렵한 슬레이어들이 몬스터를 교란시키며, 공격력이 높은 슬레이어들이 공격을 맡는다.

'무조건 하나만 해야 한다' 라는 공식은 없지만 집단 슬레잉에 있어서 슬레이어들은 각각의 임무가 할당되어 있게 마련이다.

'그런데 나 혼자라면……. 내가 방어하고 내가 공격하면 그만이지. 여차하면 피하면 그만이고.'

무리를 이룬다 함은 힘을 합쳐 상대를 효과적으로 제압하기 위함이다. 공격과 방어를 나눈 것도 결국은 보다 쉽게 슬레잉을 하기 위해서가 아닌가.

방어에 특화된 슬레이어가 방어를 하고 공격에 특화된 슬레이어가 공격을 한다.

공격과 방어가 동시에 가능한 슬레이어라면 그게 최선이지만 얻을 수 있는 스탯에는 한계가 있게 마련이고 결국 어떤 것 하나를 집중적으로 육성하는 게 대부분이다.

그런데 모든 능력에 있어서 뛰어난 슬레이어가 있다면? 그리고 지켜야 할 대상이 없다면?

얘기는 달라진다.

'심지어 싸이클롭스는 내 반탄력 때문에 스턴이 걸려.'

그렇다면 공격을 한 번 막아내고 그 다음에 스턴이 걸렸을 때에 공격을 퍼부으면 된다는 소리다. 예전 한국에서 슬레잉했을 때에도 실드가 뭉텅뭉텅 깎여 나간 건 현석이 공격했을 때뿐이었다.

'문제는 내 H/P가 모두 떨어지기 전에 놈을 처치할 수 있느냐인데.'

시간이 조금 흘렀다. 성형이 해결책을 제시했다.

"나한테 좋은 생각이 하나 있다. 들어 볼래? 한국 유니온에 플래티넘 등급의 슬레이어가 있다는 걸 알릴 때도 됐고. 얼굴은 알리지 않더라도 정보에 공신력을 주는 건 또 다른 문제거든. 솔로 싸이클롭스 슬레이어 정도면……. 충분하지 않겠냐?

대중에게 알려지지는 않았지만 분명 실재하는 플래티넘 등급의 슬레이어. 이건 네게도 좋고 한국 유니온에게도 충분히 매력적인 거거든."

불과 몇 달 전이었더라면 NO라고 말했을 현석이 성형의 말을 진지하게 경청하기 시작했다. 솔로 슬레잉을 안전하고 확실하게 만드는 방법.

그렇게 멀리 있지 않았다.

*　　　　　*　　　　　*

인벤토리창이 활성화되고 아이템 상점이 개설되면서 또한 아이템에 대한 설명창도 읽을 수 있게 되었다.

그렇게 되자 슬레이어들 간의 아이템 거래도 활발하게 이루어지고 있는 상황이다. 아이템 상점에서 아이템을 구입하려면 경험치가 들어가지만 슬레이어 간의 아이템 거래는 현물로 이루어진다.

현재 아이템 시장이 엄청난 규모라고 말하기에는 조금 힘들었지만 전 세계적으로 수천억 규모로 이루어지고 있으며 그 성장세가 굉장히 가파르다고 할 수 있었다.

거래되는 아이템 품목은 굉장히 다양했는데 그중에서도 최고로 희귀한 축에 속하는 아이템은 바로 '스킬북'이다. 스킬북은 말 그대로 스킬을 익힐 수 있도록 만들어주는 아이템이다. 최근에 가장 높은 인기를 구가하고 있는 아이템은 바로 '상급힐'인데 그 이유는 바로 '스탯의 절약'에 있다고 할 수 있었다.

힐에서 상급힐로 넘어가려면, 힐만 올린다고 가정했을 때에 스탯을 무려 30개나 찍어야 한다. 물론 회복 슬레이어의 경우 지성의 증가에 따른 레벨업과 반복 숙달에 따른 레벨업 속도가 제법 빠른 편이어서 평균적으로는 스탯 10개가량을 힐에 투자하면 상급힐이 생겨난다고 한다.

그런데 애초에 상급힐 스킬북을 통해 스킬을 획득한다면 '힐'에 스탯을 투자할 이유가 없어지는 거다.

물론 세기가 약한 힐도 그 나름대로 효용성이 있게 마련이지만 그래도 시간이 지나면 지날수록 그냥 힐보다는 상급힐이 더 큰 효과를 발휘할 거다. 슬레이어들의 레벨이 높아지면 높아질수록 피통은 점점 더 커질 테니까 말이다.

그런 만큼 상급힐 스킬북을 얻기 위해서는 경쟁이 굉장히 치열했다.

돈만 있어서도 안 되고 인맥만 있어서도 안 된다. 돈이 있고 인맥도 있고 심지어 운까지 있어야만 구할 수 있는 게 바로 상급힐 스킬북이었다.

가격은 약 10억 원. 사실상 노멀 모드보다 훨씬 상위의 모드도 존재할 거라는 가정하에서 겨우 노멀 모드의 스킬북 하나가

10억 원에 거래된다는 것은 형평성에 어긋난다는 주장이 있기도 있었다.

하지만 10억이라도 스킬북을 구매할 구매자들이 있는 이상에야 가격이 떨어질 일은 없었다.

10억이라는 엄청난 금액이지만 전 세계적으로 상급힐 스킬북에 대한 수요는 끊이지 않았다. 만약 현석 혼자였더라면 구하지 못했을 거다. 그럼에도 불구하고 현석은 상급힐 스킬북을 무려 두 개나 얻을 수 있었다.

성형은 물론이고 과거 I'UET의 멤버들 간의 인맥이 큰 도움이 됐다. 돈이야 이미 넘쳐흘렀기 때문에 문제가 되지 않았다.

현석은 조심스레 상급힐 스킬북을 사용했다.

[스킬. 상급힐을 익히시겠습니까? Y/N]
[스킬. 상급힐을 익혔습니다.]
[지성 스탯이 100을 초과합니다.]
[상급힐 레벨이 상승합니다.]
[이지 모드의 규격을 초과하는 스탯으로 인해 상급힐의 레벨이 MA×IMUM에 도달합니다.]

'상급힐은……. 이지 모드 규격의 힐이었단 뜻인가?'
지성 스탯 100으로 인해 상급힐의 레벨이 MA×IMUM에 도달했단다.

'현재 내 지성 스탯은 208.'

노멀 모드로 강제 진입했던 것이 스탯 200이었다. 200이란 스탯은 일반적인 노멀 모드의 규격을 벗어나는 스탯인 셈이다.

그리고 상급힐은 원래 이지 모드에서부터 사용되던 스킬이었다. 노멀 모드를 넘어서는 스탯으로 인해 상급힐의 레벨이 맥스에 도달했고, 그에 따라 힐에서 상급힐이 파생된 것과 같은 이치로 새로운 스킬이 생겨났다.

'가만… 상급힐은 분명 좋은 힐이지만……. 이지 모드에 한해서 가장 좋은 힐이라는 뜻이야. 그렇다면 노멀 모드에서는…….'

현석의 의문이 길어지기 전에 알림음이 계속해서 들려왔다.

[스킬. 최상급힐이 생성됩니다]

[스킬. 최상급힐을 익혔습니다.]

[지성 스탯이 200을 초과합니다.]

[최상급힐 레벨이 상승합니다.]

[노멀 모드의 규격을 초과하는 스탯으로 인해 최상급힐의 레벨이 MA×IMUM에 도달합니다.]

최상급힐이라는 것이 아무래도 노멀 모드 내에서 가장 뛰어난 힐인 것 같았다.

그런데 그 노멀 모드의 규격을 뛰어넘는 지성 스탯으로 인해 그마저도 순식간에 뛰어넘어 버렸다.

'미… 미쳤군.'

[스킬. 힐이 생성됩니다.]
[스킬. 힐을 익혔습니다.]

'아마……. 지성 스탯이 원래대로 230이 넘었다면……. 또 레벨업이 있었을 거야.'

바다를 받치다를 구매하느라 30개의 스탯을 사용해서 더 이상의 레벨업은 없었다. 힐 이후 상급힐. 그리고 그 이후 최상급힐이었는데 이젠 다시 힐이 생겼다.

그런데 이 힐은 이지 모드의 힐과는 조금 달랐다. 스킬창을 보면 무쇠주먹과 전투 필드 개방은 하얀색 글씨로 인식된다. 그런데 이번에 새로 생긴 힐의 경우는 초록색이었다. 이름이 같은 힐이라 할지라도 등급이라는 게 존재하는 모양이었다.

현석은 스킬창을 확인해 봤다. 그러고서 확신을 가졌다. 싸이클롭스를 잡을 수 있을 거다. 혼자서도 말이다.

그리고 전율을 느꼈다.

'올 스탯 슬레이어가……. 이런 거구나.'

몸이 부르르 떨렸다.

현석은 보조 슬레이어가 필요 없다. 혼자 스스로 펼치면 되니까. 같은 이치다. 다른 회복 슬레이어의 힐이 약해서 H/P가 안 찬다면 직접 채우면 된다.

　그는 올 스탯 슬레이어였다.

CHAPTER 8

한국 유니온은 등급제를 확립시켰다. 이건 해외에서도 꽤나 반응이 좋았는데 하루가 멀다 하고 등급제를 도입하는 유니온들이 생겨날 정도였다.

특히나 한국에서 가장 눈에 띄는 건 바로 '플래티넘 등급'의 존재였다. 한국 유니온이 발표한 자료에 따르면 오로지 단 한 명만이 이 플래티넘 등급을 가지고 있었는데 이것을 두고 말이 참 많았다.

'선전용을 위한 혹은 그저 상징적인 의미를 지닌 등급이다', '뭔가 있어 보이기 위한 수작이다'와 같은 말이 많이 떠돌아다

넀다. 대체적으로 플래티넘 등급은 그저 있으나 마나한, 상징용 등급이라는 말이 강세를 보였다.

그런데 한국 유니온에서 또 다른 발표를 했다. 언론에서 난리가 났다.

〈한국 유니온, 일본에 플래티넘 슬레이어 급파.〉
〈플래티넘 등급. 허상 속 등급이 아니었던가?〉
〈80명의 결사대로 겨우 상대했던 싸이클롭스에 솔로 슬레잉 도전!〉

플래티넘 등급의 슬레이어는 자신의 신상이 알려지는 것을 원치 않는다고 했다. 하기야 전 세계의 이목이 집중되고 있는 와중에 얼굴이라도 팔렸다간 일거수일투족을 감시당하는 상황이 벌어질 수도 있다.

관심 받는 것을 즐기는 성격이 아니라면, 그런 일은 피곤하기만 하다.

오죽하면 연예인들의 소원 중 하나가 연인과 평범하게 길거리 데이트를 해보는 것이라고 말을 할까.

남들에게는 평범하고 소박한 것이 경우에 따라서 누군가에게는 커다란 소망이 되기도 하는 법이다.

〈플래티넘 등급 슬레이어. 일본 유니온과 비밀리에 접견!〉
〈이치고. 플래티넘 슬레이어와 이미 안면이 있는 것인가!〉

온갖 추측이 오고갔다.

일본 유니온은 공식적인 성명을 통해 기자들을 모두 물려달라 요청했다. 어차피 큰 효과를 기대한 것은 아니었다. 어쨌든 플래티넘 슬레이어가 신상이 밝혀지는 걸 원치 않는다 했고, 유니온은 그것에 맞는 제스처를 취해줬을 뿐이다.

그리고 한국 유니온은 일본 유니온 및 일본 정부와 협상을 도맡아서 진행했는데 현석이 슬레잉하는 그곳에 약한 EMP탄을 터뜨리기로 약조를 받았다.

그로 인한 전자장비의 파손에 대해선 한국 유니온이나 플래티넘 슬레이어가 책임을 지지 않겠다는 협약도 얻어냈다.

한국 정부가 아닌 한국 유니온이 얻어낸 성과였다. 그것 외에도 결국 그 슬레이어가 선택한 방법은 아주 기초적이고도 단순한 것이었다.

〈슬레잉이 불가능한 몬스터 싸이클롭스에 솔로로 도전하다.〉

인터넷상에서도 댓글들이 뜨겁게 달아올랐다.

―저런 걸 개허세라고 하는 거임. 미쳤음.

―슬레잉 자체가 불가능한 몬스터인데 미친넘인듯……. 불가능 업적이 뭔지 모르나?

―분명 한국놈들이 무언가 속임수를 부리고 있을 듯. 혼자서 슬레잉을 한다는 건 사기임. 반드시 파헤쳐 봐야 할 문제.

―엄청난 보상까지 준다고 약속했다는데 이건 뭔가 냄새가 남. 뭔가 구린내가 남.

온갖 얘기들.

그리고 음모론마저 등장하고 있는 가운데, 이러나저러나 이목은 플래티넘 슬레이어에게 집중되었다.

성형이 말했다.

"대중들의 이목을 피하기 위해서 날짜를 속여서 발표했다."

"예."

"물론 대중매체의 접근도 차단될 거야. 철저히 통제하기로 약속받았다. 그리고 보상 문제도 확실히 책임질 테니까 너는 슬레잉에만 신경 쓰도록 해."

"네."

"혹시 몰라 가벼운 EMP탄도 터뜨릴 거야. 주위에 괜히 널 촬영하는 사람이 없도록. 큰 건 아니고, 간단하게 전파송수신만

방해하는 정도니까 신경 쓸 건 없어."

"그렇게까지는 안 하셔도 되는데⋯⋯."

현석은 멋쩍게 웃었다. 어차피 신상에 대한 것이 엄청난 기밀이라고 하기는 힘들었다.

그래도 성형은 자신이 신경 쓰지 못하는 부분들까지 세세하게 배려하며 현석을 독려했다.

한국유니온에서는 일부러 날짜를 더 늦게 발표했다.

〈한국 유일의 플래티넘 슬레이어. 3일 후 일본 입국!〉
〈플래티넘 슬레이어 3일 후 방일!〉

이목이 쏠렸다.

그러나 현석은 이미 비밀리에 일본에 입국했다. 일본 유니온과 비밀리에 만났고 싸이클롭스를 향해 이동했다.

*　　　　　*　　　　　*

일본 유니온 슬레이어의 안내를 받아 후쿠시마에 도착했다.

저만치 앞에 싸이클롭스가 보였다. 슬레이어를 발견한 싸이클롭스가 눈을 떴다. 아무리 현석이어도 사실 긴장은 된다. 하다못해 커다란 바퀴벌레를 잡을 때도 긴장하는 사람이 많다.

어떤 사람들은 3㎝도 안 되는 바퀴벌레를 보며 기겁하며 심지어 비명을 지르기까지 한다. 바퀴벌레가 사람을 죽일 수 있는 힘을 가진 것도 아닌데 말이다.

그런데 싸이클롭스는 크기가 5미터가 넘는 괴물이다. 그런 괴물을 잡는데 긴장이 안 될 수가 없다. 심지어 사람을 죽일 수 있는 힘이 없는 바퀴벌레와 달리 싸이클롭스는 사람을 죽일 수 있는 힘까지 갖고 있다.

눈을 뜬 싸이클롭스가 허리를 숙이고 두 발로 질주하기 시작했다. 현석은 자신을 향해 달려오는 싸이클롭스를 쳐다보며 전투 필드를 개방했다.

언론과 카메라를 단속하기는 했지만 사람들의 눈마저 모두 단속할 수 있는 건 아니었다. 개중에는 슬레이어들도 있었고 슬레이어들은 육안으로는 보이지 않고 머릿속으로만 보이는 전투 필드를 느낄 수 있었다.

현석의 안내를 담당한 슬레이어들이 눈을 휘둥그레 떴다.

"저… 전투 필드……?"

레벨이 높아지고 강해지면 강해질수록 보조 슬레이어의 존재는 필수다.

전투 슬레이어가 강해지기 위해선 전투능력. 그러니까 힘, 민첩, 체력에 투자를 해야만 한다.

지성에 투자할 1포인트가 있으면 다른 것 하나를 더 올리는 게 현재 슬레이어들의 육성법이었다. 각 레벨에 맞는 전투 필드를 펼치려면 지성 스탯을 높여야 하는데 그건 너무나 비효율적인 육성이다.

그래서 보조 슬레이어들이 꼭 필요한 거다. 그런데 저 플래티넘 슬레이어는 아무렇지도 않게 전투 필드를 펼쳤다.

"단독 슬레잉이란 말을 들었을 때부터 어느 정도 예상은 했지만……."

"M/P를 얼마나 올린 거야……?"

"아냐, 저건 분명 어딘가에 속임수가 있을 거야. 새로운 장치를 발명했다거나. 아니면 어떤 스킬일 수도 있지. 아이템이거나. 단독 슬레잉이 가능할 리가 없어."

일반적으로 그렇다.

전투 필드를 제대로 펼치려면 지성 스탯을 높여야 하는데 전투에는 거의 쓸모없는 스탯이다.

전투 필드를 제대로 펼칠 만큼 지성 스탯을 높였다면 전투에는 취약해야만 하는 게 기본적인 상식이다. 사람들이 쑥덕거리거나 말거나 현석은 앞을 주시했다.

'확실히, 저번 싸이클롭스보다 약하다.'

달려오는 속도, 힘, 기세. 그 모든 것이 한국에서 마주했던 싸이클롭스보다 약했다. 현석이 체감하는 이지 모드 난이도의 몬스터에 대하여 설명한 적이 있다.

2+2 나 2×2 나 어차피 거기서 거기인 난이도다. 그런데 숫자가 복잡해지면 덧셈과 곱셈 중 그나마 쉬운 걸 꼽으라면 아무래도 덧셈이다. 마찬가지다. 싸이클롭스는 굉장히 복잡한 숫자고 그 복잡한 계산쯤 되면 체감하는 난이도가 달라질 수밖에 없다.

후오옹—! 쿵!

파공성이 일고, 현석이 싸이클롭스의 몽둥이를 막아냈다.

그와 동시에 모든 사람이 침묵했다.

단신으로 싸이클롭스의 몽둥이를 막아내는 것은 불가능한 일이다. 적어도 상식선에서는 말이다.

70명의 상급 슬레이어들이 괜히 목숨을 헌납한 게 아니다. 그 슬레이어들은 분명 강했다. 그리고 그 강했던 슬레이어들을 무참히 도륙했던 게 바로 저 몽둥이였다.

"싸이클롭스가 공격을 하지 않아……?"

"저번과 같은 현상이다……!"

저번 한국에서의 슬레잉과 같은 현상이 나타났다. 사람들은 이에 대한 그럴듯한 해답을 찾아냈다.

"뭔가 특수스킬이 있는 것이 틀림없어!"

특수한 스킬이 분명 있을 거다. Ratio heal 역시 상당히 특수한 형태의 스킬이다. 현재 싸이클롭스의 상태를 보아하니 아무래도 스턴 상태에 걸린 것 같다.

그러니까 저 슬레이어에겐 몬스터가 스턴 상태에 빠져드는 어떤 특별한 스킬이 있다는 거다. 모두가 그렇게 생각했다.

쿵! 쿵! 쿵!

싸이클롭스가 스턴 상태에 빠져들었을 때, 거대한 소리가 터져 나왔다. 그건 다름 아닌 현석의 주먹과 발이 싸이클롭스의 다리를 가격할 때마다 울리는 타격음이었다.

현석에게 다행한 일은, 싸이클롭스의 실드에 의한 반탄력의 영향이 미미하다는 것. 싸이클롭스의 실드가 약해서인지, 반탄력이 약해서인지, 그도 아니면 자신의 저항력이 강해서인지 그것까지는 파악할 수 없었으나 반탄력이 거의 느껴지지 않는다는 건 현석에게 횡재나 다름없었다.

'집단 슬레잉보다 솔로잉이 훨씬 쉽다!'

오히려 집단 슬레잉보다 솔로잉이 훨씬 쉬웠다. 일반 슬레이어들과 현석의 급 차이가 워낙에 크게 나다 보니 집단 슬레잉은 슬레잉이라고 보기 어려웠다.

오히려 현석이 약한 슬레이어들을 보호하며 싸워야 하는 입장이었다. 그러나 지금은 아니다. 보호할 필요도 없다.

'피하는 것보다 오히려 스턴 상태에 걸리게 한 다음 때리는 게 낫겠어.'

상황 판단은 모두 끝냈다. 피하면서 치는 것보다 이 방법이 훨씬 효율적이다. 그리고 굳이 피하지 않아도 된다. 현석은 올 스탯 슬레이어다.

전투 필드를 느낄 수 있는 슬레이어들이 입을 쩍 벌렸다. 그리고 더욱 눈을 크게 떴다.

플래티넘 슬레이어가 싸이클롭스를 때릴 때마다 굉음이 터져 나오고 싸이클롭스의 실드 게이지가 뭉텅뭉텅 깎여 나갔기 때문이다.

"세상에……"

"이게 말이 되는 상황인가……?"

이 장소에는 사람이 그리 많지 않다. 일반인과 기자들의 출입을 엄격하게 통제하고 있고 심지어 가벼운 EMP탄도 터뜨렸기 때문이다. 일반인들은, 아무리 가벼운 EMP탄이라고 하더라도 원자력 발전소 옆에서 사용하면 위험하다고 말을 하곤 했지만 딱히 그런 것도 아니었다. 후쿠시마 원전은 이미 EMP 방지 접지 시스템이 접목되어 있고 이 정도 위력의 EMP탄에는 전혀 위협받지 않는다. 라이터의 불로 철근을 녹일 수 없는 것과 같은 이치다.

어쨌든 이 장소에 많지는 않지만 사람이 분명 있기는 있다. 현석을 안내한 이치고 유니온의 최상급 슬레이어들이 입을 쩍 벌렸다.

'말도 안 돼. 회복 필드라고?'

전투 필드를 펼친 슬레이어가 회복 필드까지 펼쳤다.

'회복 필드를 익힌 전투 슬레이어……?'

플래티넘 슬레이어가 이번엔 회복 필드를 펼쳤다. 플래티넘 슬레이어의 방어력이 높은 건지, 그도 아니면 피통이 큰 건지 알 수는 없지만 확실한 건 피통이 일반 슬레이어들과는 확연히 차이 난다는 것.

현재 세간에 알려진 싸이클롭스의 공격력은 약 2만~3만 가량. 저번 한국 내 슬레잉에서 6명의 전위팀이 막아낼 수 있었기에 추정된 공격 수치다.

당연히 틀린 수치다. 그것도 굉장히 많이 틀렸다. 전투 슬레이어의 방어력을 대략 4천 정도로 생각하여 이끌어낸 수치니까. 현석의 피통은 10만이 넘고 방어력은 5만이 넘는다.

그런데도 피가 1/3이나 깎였으니 아무리 최소한도로 잡아도 싸이클롭스의 공격력은 8만은 넘는다는 소리다.

하지만 그런 상황까지 알고 있지는 못한 슬레이어들은 벌어진 입을 다물지 못했다.

"적어도 방어력이 2만을 넘는다는 소리야."

"그 정도 방어력을 갖추려면 힘과 체력이 어느 정도 되어야 하는 거지?"

"도대체 저 능력에 어떻게 회복 필드와 전투 필드를 동시에……."

힘과 체력이 높다는 말은 H/P도 엄청나게 높다는 뜻이다. 싸이클롭스를 단신으로 상대할 만큼.

현석이 힐을 시전했다. 한 번에 회복되는 H/P의 양은 약 1만. 일반적인 슬레이어들이라면 한 번에 풀피(가득 찬 H/P)를 만들고도 남을 양이다.

다만 현석은 1/10 정도밖에 안 찬다. 그것만 해도 엄청나게 많이 차는 거다. 왜냐하면 사람들이 보기에 현석은 전투 슬레이어지, 회복 슬레이어가 아니었으니까 말이다.

게다가 힐은 그렇게 높은 등급의 스킬이 아니다. Ratio heal이나 상급힐처럼 딜레이가 긴 것이 아니라서 연거푸 사용할 수 있다는 소리다. M/P만 충분하다면 말이다. 현석은 힐을 사용하면서 계속해서 공방을 이어갔다.

현석은 전투 필드를 펼친 채 전투를 벌이고 회복 필드를 동시에 펼쳐 스스로의 H/P를 채우면서 싸이클롭스와 대적했다.

시간이 흘렀다.

현석은 결국 싸이클롭스를 쓰러뜨렸다. 말도 안 되는 일이었다. 하지만 실제로 현석은 '불가능한 업적'에 대한 포인트와 보상을 받을 수 있었다.

한국은 물론이고 전 세계에서 난리가 났다.

〈솔로 싸이클롭스 슬레잉이 가능한 플래티넘 슬레이어. 도대체 그는 누구인가?〉

〈전투와 회복, 그리고 보조의 역할까지. 도대체 어떻게?〉

너무나 충격적인 소식에 사람들은 믿지 않았다. 그러나 일본 유니온 이치고가 솔로잉을 공증하고 나섰다.

〈일본 유니온의 공증. 싸이클롭스를 솔로잉으로 상대한 플래티넘 슬레이어에게 경의 표현!〉
〈한국의 플래티넘 슬레이어. 그는 정말로 솔로 싸이클롭스 슬레이어!〉

CHAPTER 9

세상에는 참으로 다양한 사람들이 있다. 그중에서는 항상 극단적인 사람도 있게 마련이며 극단적인 사람들 중 애국심이 지나친 부류를 보통 '극우파'라고 하기도 한다. 그리고 일본에는 극우파들이 다수 존재한다. 정치권에도 말이다.

일본 유니온은 한국 유니온에 감사를 표했다. 그러나 그것과는 별개로 일본 정부 내 일부 인사는 일정량의 세금을 부과하자고 주장했다.

아직까지도 레드스톤의 감별가가 정해지지 않은 가운데, 일본 내 몬스터를 사냥했으므로 일본 측에도 수익금을 내야 한다는 입장이었다.

인터넷에서도 자칭 보수 성향을 띠는 사이트에서는 이러한 글들이 오고갔다.

─어차피 지들도 돈 벌려고 온 것. 우리를 도와주려고 온 게 아님. 그러니까 세금을 떼는 건 당연한 일 아닌가?

─일본에서 등장한 싸이클롭스의 레드스톤은 당연히 일본의 소유임. 정부와 유니온은 지금 큰 잘못을 하고 있는 것.

대략적인 분위기가 이러했다. 일본을 적극적으로 돕기 위해서 슬레이어를 파견한 것이 아니라 한국 유니온 역시 싸이클롭스를 슬레잉했을 때의 보상이 탐이 났기 때문에 일본으로 온 거고, 그러니까 그 이득의 일부분을 일본에 바쳐야 한다는 소리였다.

하지만 어떤 사람들은 이렇게 주장했다.

─어느 정도 일리는 있는 말임. 그러나 나중에 싸이클롭스 같은 괴물이 또 나타나면 그땐 어쩔거?

─괜히 감정에 휩쓸려서 바로 앞만 보지 말고 제발 멀리 좀 봅시다. 싸이클롭스가 또 나타나지 않는다는 보장도 없고 또 나타나게 되면 일본은 처리할 힘도 없음. 괜히 한국 유니온을

건드렸다가는 죽도 밥도 안 되는 수가 있음.

그러나 한국에 보도되는 내용은 대부분 '극우파'가 말하는 내용이었다. 아무래도 그게 자극적이고 소재도 좋으니까. 그러자 한국 내 인터넷 여론이 뜨겁게 달아올랐다.

―도와주고 났더니 이제 배쩨라네? 감사하다고 보상을 해줘도 모자랄 판에 개념이 있는 건가?
―서로 윈윈한 거래? 거래가 아닌 도움 요청이었음. 미친놈들이네.

다시는 일본에 도움을 주면 안 된다는 여론이 끓어올랐다. 다행히 일본 정부는 싸이클롭스의 아이템에 대한 지분을 요구하지는 않았다. 그러자 또 몇몇 극우단체에서는 한국 유니온에 지나치게 굽히고 들어가는 게 아니냐며 시위를 벌이기도 했다.

이런저런 해프닝이 일어나는 것과는 별개로 현석은 상당히 편한 상태다.

보통 연예인들은 단독으로 활동하지 않고 매니지먼트에 소속된다. 흔히들 말하는 소속사 말이다. 소속사가 포함되면 소속사가 연예 활동의 전반적인 것들을 모두 관리해 준다. 또 소속사는 그 연예인을 통해 최대의 이익을 창출하려고 애쓴다.

현재 현석과 한국 유니온의 관계가 그와 비슷했다. 한국 유니온은 현석에 관한 모든 편의를 봐주려 노력했다.

커다란 수익이 확실시되는 톱급 연예인을, 소속사가 모셔가려는 것과 비슷하다고 보면 됐다. 한국 유니온이라는 거대한 울타리 안에서 현석은 잘 숨어들었다. 그렇게 생각했는데, 미국에서 누군가가 찾아왔다. 한국어를 유창하게 구사하는 슬레이어였는데 비밀리에 현석을 찾아온 것이다.

"안녕하세요? 플래티넘 슬레이어 유현석 씨를 뵙습니다."

현석과 유니온이 숨긴다고 숨기고는 있지만 각국 최정상급 슬레이어 혹은 최정상급 인사들은 현석에 대해 어느 정도 파악을 한 듯했다. 다른 곳도 아니고 미국이다.

'역시 미국인가……?'

일본 유니온의 간부들도 현석의 얼굴을 안다. 일본 내 최고의 길드라 불리는 이치고의 길드원들도 현석의 얼굴을 안다. 현석의 신상이 철저히 비밀은 아니라는 소리고 미국은 현석에 대한 조사를 진행한 것 같았다. 아니면 위성 영상 분석을 통해 어떻게든 알아냈을 수도 있고. 이유야 어찌됐든 현석도 딱히 부정하지는 않았다.

"예, 안녕하세요?"

간단한 인사가 오간 뒤, 자신을 스티브라 밝힌 남자는 본론으로 들어갔다.

"돌려 말하지 않겠습니다. 저희 미국 유니온에서는 플래티넘 슬레이어 유현석 씨의 가치를 상당히 높게 평가하고 있는바 전폭적인 지원을 약속하며 미국 유니온 소속이 되길 권하는 바입니다."

미국이 제시한 당근은 놀라웠다. 미국 유니온에 소속되는 대신 최첨단 기기와 지원을 아끼지 않으며 미국 내 집과 전용기까지 구비해 준단다. 게다가 미국에는 상당히 많은 상위 급 몬스터들이 출몰하고 있어서 현석에게도 큰 도움이 될 거란다. 1차적인 스카웃 비용만으로 무려 3억 달러를 제시했다.

미국 유니온은 세계의 다른 유니온과 약간 다른 형태의 유니온이라는 것은 이미 알고 있었다. 한국 유니온은 길드의 조합 정도지만 미국 유니온은 길드들을 통합 관리하는 길드 위의 길드. 즉 길드보다 상위 조직에 가까웠다.

그렇다고는 해도 3억 달러를 지불하여 스카웃하겠다는 얘기는 상당히 놀라웠다.

다른 의무 사항 같은 것도 없이 일단 3억 달러부터 지불하고 보겠다는 소리였다. 이후 벌어들이는 수익도 대부분 현석의 차지가 될 터였고. 조건상으로 지금보다 훨씬 좋았다.

'미국 유니온의 힘이 이 정도였던가……?'

미국 유니온은 생긴 지 그래봐야 1년도 안 됐다. 신생 집단이라는 소리다. 그럼에도 불구하고 자신 한 명을 영입하는 데 3억 달러를 제시했다. 3억 달러가 어디 적은 돈인가. 한화로 약 3천억 원이 넘는 금액이다. 그걸 한 명 영입하는 데 쓸 수 있다는 건 미국 유니온의 힘이 상상 이상으로 크다는 뜻이었다.

현석은 고민에 빠져들었다.

'3천억에… 파격적인 대우라……'

확답은 하지 못했다. 나중에 대답하겠다며 연락처를 받아 놨다. 스티브가 건넨 세부 사항을 며칠 동안 몇 번이고 정독했다. 첫 스카웃 비용 3천억을 제외하고서라도 더할 나위 없이 좋은 조건이었다. 며칠이 지나서, 현석은 결정을 내렸다.

＊　　　　＊　　　　＊

원래 유니온이라는 것은 길드들의 집합체라고 할 수 있었다. 본래 슬레이어들의 권익 신장을 위하여 출범한 단체인데 미국은 조금 얘기가 달랐다. 단순한 연합체가 아닌 길드를 통합하고 관리하는 상위 길드의 개념으로 자리 잡게 되었는데 다른 국가들 역시 조금씩 미국과 비슷한 형태로 유니온의 모습이 변화되어 가고 있는 추세였다.

몬스터 슬레잉시 드랍되는 몬스터스톤의 경우, 대부분의 국가가 국가 차원에서 맡아서 하고 있었고 그에 따른 차익을 정부에서 가지는 형태다. 미국은 세계 최초로 유니온을 출범시켰고 정부와의 합법적 투쟁을 통해 세율을 낮추고 더 합리적인 가격을 얻어낼 수 있었다.

유니온에 소속된 길드들은 훨씬 더 싼 세금과 큰 이득으로 슬레잉에 나설 수 있게 되었다. 미국은 다른 나라들보다도 몬스터 자원이 풍부했는데 특히 오크의 개체 수가 많아서 슬레잉 이득이 굉장히 큰 나라에 속했다. 현재 슬레이어들의 실력으로 오크는 가장 효율적인 슬레잉 대상이라고 할 수 있었다. 트롤 이상의 몬스터는 너무 강하고 오크보다 약한 몬스터는 가성비가 떨어진다. 오크가 사냥하기에 가장 좋은 몬스터라고 볼 수 있다.

유니온에 가입되면 좀 더 상세한 몬스터 맵을 얻을 수 있고 슬레이어들끼리 분쟁이 생겨도 유니온 측에서 중재를 해주었다. 또한 독자적인 거래 시스템을 구축하여 서로에게 필요한 아이템을 좀 더 편하고 빠르게 거래할 수 있도록 도와주었다.

현석은 생각에 잠겼다.

'확실히… 나에게는 분명한 이득이야.'

생각하고 자시고 할 것도 없다. 최고의 슬레이어를 최상의 대우로 모셔간다는 데 거기에 무슨 이견이 있을까. 세부 사항을 열심히 검토해 봤는데 최소한 지금의 상태보다 나빠질 일은 없었다.

'하지만……'

＊　　　＊　　　＊

현석은 결국 미국행을 거절했다.

그 이유를 꼽자면 세 가지로 압축할 수 있었다. 어려운 말과 설명을 다 빼버리고 나면 첫째로 성형과의 의리였다.

한국 유니온은 시작한지 얼마 안 되었다. 이제 자리를 잡아 가고 있는 중이다. 그러한 상태에서 플래티넘 슬레이어의 존재 는 한국 유니온의 위상을 몇 단계는 더 격상시킬 수 있는 이미 지 아이템이라 할 수 있다.

그러한 상황에서 플래티넘 슬레이어가 미국으로 떠나 버린다 면, 한국 유니온은 한국의 슬레이어를 타국에 빼앗긴 능력 없는 유니온이 되어버릴 거다.

첫 번째 이유가 의리라고 표현한다면 두 번째 이유는 욕심 때문이었다.

'내가 이런 생각을 하게 된 게 웃기긴 하지만…….'

미국의 유니온에 소속되는 건 대기업에 들어가는 것과 마찬 가지다. 이미 거대한 힘을 일구고 있고 자본력도 강하다. 그런 데 한국의 유니온은 그에 미치지 못한다. 현석에게 지금 당장 커다란 보상이나 대우를 해주기도 힘들다. 이제 막 커가고 있는 수준이니까.

다시 말하자면 미국 유니온은 대기업이고 한국 유니온은 이제 시작하는 중소기업이라 할 수 있겠다. 현석이 한국 유니온에 남는 건 중소기업에 소속되어 그 기업을 가꿔나가는 것과 비슷하다고 볼 수 있다.

'한국 유니온을 더 키워보고 싶다.'

원래는 안전제일주의자였던 현석이다. 따라서 다른 대기업은 모두 마다하고 한전으로 들어갔다. 철밥통이 보장되는 직업이니까. 그런데 지금은 조금 이상한 마음이 든다. 야망이라고 표현하는 게 맞는 단어일지 모르겠다만 한국 유니온을 더 키워보고 싶다는 생각이 들었다. 한국 유니온이 어디까지 성장할 수 있을지 궁금하기도 하고, 그것을 성형과 종원을 함께 이루어 나간다는 그 무형적인 가치가 현석에게는 굉장히 크게 다가왔다.

'나 참. 사람은 변한다더니.'

마치 미래가 불투명한 기업의 잠재적 가치에 기대하며 투자하는 투자자와 같은 그런 기분이 들었다. 예전과는 확실히 달라진 셈이다.

그리고 세 번째 이유는, 실리적인 이유였다.

'새로운 몬스터나 던전 등은 한국에 가장 먼저 나타나고 있다.'

미국은 현재 커다란 시장이라고 할 수 있다. 오크와 같이 슬레잉 효율이 좋은 몬스터가 많이 서식하고 있으니까. 그렇게 위험하지 않으면서 꽤 큰 수익을 보장하는 몬스터가 많다. 그러나 현석에게 그러한 몬스터는 그리 도움이 되지 않는다. 싸이클롭스와 같이 노멀 모드의 규격을 초과하는 몬스터야말로 현석의 성장에 가장 큰 도움이 된다. 애초에 그는 레벨과 경험치에 제한을 받고 있는 상황이고 강해지려면 무조건 업적을 쌓아야만 했다.

그리고 '최초' 타이틀의 경우 상당 부분 업적으로 인정받는다. 그러려면 아무래도 한국에 있는 것이 나을 수밖에 없다. 그리고 지금 추세로 보면 한국에서 가장 먼저, 가장 강한 몬스터가 계속해서 나타날 것이다. 이건 굉장히 중요한 문제였다.

'모든 점을 고려하면……. 한국에 있는 것이 나아.'

종원 같은 경우는 원래 미국행을 추천했었다. 누가 봐도 조건이 좋았으니까 말이다. 그러나 현석의 결정에 딱히 반대하지도 않았다. 그저 아주 조금 감탄했다.

"이야, 안전제일주의자가 그새 많이 변했네?"

"시끄러워 인마."

"나도 뭐……. 네가 한국에 남는 게 좋다. 너랑 있어야 쩔도 받지. 원래 렙업 노가다는 무식한 놈들이나 하는 거야. 쪼렙한 텐 쩔이 갑이잖아?"

"쪼렙은 개뿔."

"쪼렙이야 완전."

저번 불가능 업적 클리어로 인해 힘 스탯 100을 초과한 하종원은 자신을 쪼렙이라 부르는데 일말의 주저함도 없었다. 현석이 말했다.

"만약에 가도 나 혼자 가겠냐? 우리 길드원들은 데리고 가야지."

"헹, 퍽이나! 너 빠지는 상황에서 나까지 같이 빠져 봐라. 성형이 형님 능력 없다고 욕 오질나게 먹는다. 난 그 꼴은 못 봐. 사람이 의리가 있어야지."

"용 꼬리보다 뱀 대가리가 더 좋아서 그런 거 아니고?"

하종원이 흠칫했다.

"그런 것도 있고. 야, 근데 너 그거 아냐? 무슨 히든 클래스라는 놈이 나왔는데……"

*   *   *

종원은 전격의 워리어라는 스페셜 클래스를 얻었다. 일반적인 클래스보다는 확실히 뛰어난 클래스였다. 일반 대미지에 전격의 효과로 추가 대미지는 물론이고 스턴 효과까지 기대할 수 있었으니까. 그러나 어디까지나 상대적으로 좋다는 개념이지 엄청나게 뛰어나다고는 볼 수 없었다.

아직 스킬 레벨이 낮아서인 건지 제대로 된 무기가 없어서인지, 그도 아니면 아직 노멀 모드여서 그런 건지는 확실치 않지만 종원은 최상위 급 슬레이어들과 비교해서 '조금 강하다' 수준이지 엄청나게 강하다 수준이라고는 말하기 어려웠다. 다시 말하자면 스페셜 클래스 혹은 히든 클래스는 아직 일반 클래스와 비교해서 두드러진 차이점이 없다는 뜻이다.

종원이 말했다.

"그 녀석이 자기도 플래티넘 등급에 넣어달라고 주장하고 있어."

"플래티넘 등급에?"

"엉."

"누군데?"

"나도 몰라. 트윈헤드 오크를 혼자서 슬레잉할 수 있다는데……."

트윈헤드 오크를 혼자서 슬레잉한다는 건 굉장한 실력자라는 뜻이다. 트윈헤드 오크가 비록 이지 모드 규격의 몬스터이기는 하지만 그래도 이지 모드 내에서 업적에 해당하는 몬스터였다. 심지어 보스 몬스터로 등장했을 때에는 어려운 업적이 되어 +10포인트를 받기까지 했던, 나름대로 강력한 몬스터다. 보스 몬스터 보정을 받았을 때엔 트롤보다도 강할 수도 있는 그런 몬스터니까.

"근데 플래티넘 등급에 따로 기준이 없잖아. 솔직히 너를 위해서 만든 등급인데."

"그렇지."

"그래서 너랑 PvP를 하고 싶다나 봐."

현석이 피식 웃었다.

"웃기는 소리하고 있네."

그런데 마냥 웃기는 말은 아니었다. 사실상 현석은 한국 유니온 내의 상징적인 슬레이어다. 2인자라든가 3인자라든가, 그런 개념과는 약간 다르다. 실제로 한국 유니온의 2인자는 현재 하종원이다.

힘 스탯 100을 넘긴, 공식적 힘 스탯 1위의 슬레이어다. 하종원 역시 솔로잉으로 트윈헤드 오크를 잡을 수 있다. 그런 하종원이 말했다.

"나 퍼펙트로 깨졌어. 한 대도 못 쳤다."

그 하종원이 새로이 나타난 강자와의 PvP에서 완전히 깨져 버렸다.

한국 유니온의 2인자가 새로이 나타난 슬레이어에게 깨지면서 정말로 플래티넘 슬레이어가 둘이 되는 게 아닌가 하는 목소리가 높아졌다. 어쨌든 하종원은 한국 유니온의 2인자이고 전투 슬레이어 중 힘 스탯이 가장 높은 슬레이어였으니까.

종원이 투덜거렸다.

"젠장, 나랑 상성이 더럽게 안 맞더라."

"왜 싸웠냐? 쪽팔리게."

"재밌잖아. PvP라는 거 나름 재미있어. 배우는 것도 있고. 대인전 스킬도 생기는 경우가 있다더라."

"사람들이 살 만해지면 다른 걸 생각한다더니."

생존에 관한 요건이 충족되지 않았을 때에 사람은 생존만 생각하느라 다른 욕구가 들지 않는단다.

그러나 생존에 관한 것이 충족되었을 때에 그 외의 다른 욕구들이 생겨난다. 보다 맛있는 것을 먹고 싶고 보다 재미있는 것을 하고 싶어 한다. 그게 인간이다.

처음 슬레이어가 나타나고 몬스터가 나타났을 때에, 몬스터를 잡는 것에만 열중했는데 이제 그게 슬슬 나아지자 인간들 간의 PvP 문화가 조금씩 자리 잡고 있는 모양이었다.

노멀 모드에 접어들면서 보조 슬레이어에 한해 전투 필드 개방조건(주위에 몬스터가 있어야만 전투 필드를 펼 수 있는)이 풀리는 경우들이 다수 생겨났고, 덕분에 PvP 문화가 생겨나고 있으며 보조 슬레이어들의 몸값이 조금 더 오르게 됐다.

현석이 말했다.

"그런데 그러다 살인이라도 일어나면 어쩌려고?"

"30퍼센트까지만 하는 거니까 큰 위험은 없어. 너처럼 위험한 놈이 한 방 대미지로 보내 버리지 않으면 그럴 일은 거의 없거든. 너야 뭐 워낙에 치트키고. 게다가 샌드백을 통해서 자신의 일반적 충격 수치를 공개해야만 PvP가 가능해. 충격 수치가 타인의 목숨을 한 번에 보내 버릴 수 있지 않는 선에서 스킬과 노하우로 싸움을 하는 거거든. 사실상 너를 제외하고 H/P를 한 방에 날려 버릴 수 있는 전투 슬레이어는 없다고 봐도 되고. 내 생각엔 이종격투기나 UFC 같은 것보다 훨씬 덜 위험할걸? H/P가 눈에 보이니까."

걱정과 우려의 목소리는 높아지고 있는 모양이지만 이런 분위기대로 흘러간다면 PvP 역시 하나의 문화로 자리 잡을 확률이 높았다.

"근데 왜 졌냐?"

"걔 너무 빨라. 솔직히 내가 한 대만 치면 잡을 수 있을 것 같은데……. 그 한 대를 못 치겠더라. 전문적으로 운동한 녀석이 슬레이어로 각성한 것 같아. 게다가 민첩 위주고……. 히든 클래스라는데… 일반적인 능력은 대충 알겠는데 무슨 특수 능력이 있는지까지는 확인하지 못했어."

"그러니까 무슨 능력이 있는지 파악하지도 못했을 만큼 철저하게 발렸다는 거네?"

"그렇지 뭐."

종원은 킥킥대고 웃었다. PvP에서 패배한 것이 별로 자존심 상하지 않는 듯했다.

"안 쪽팔리냐?"

"쪽팔릴 게 뭐 있어. 다 지면서 배우는 거지. 이로써 확실해 졌다. 나는 대인전은 하면 안 돼. 몬스터나 잡아야지. 힘 스탯 100 넘어가니까 대미지는 겁나 강해졌는데 페널티가 존나 생겼 어. 시스템이 졸라 더럽더라. 힘만 올리니까 페널티를 줘. 씨팔."

종원은 한 방 대미지가 강한, 요즘 들어 더욱 세분화되고 있 는 직업들 중 '딜러'에 해당한다고 볼 수 있겠다.

처음을 제외하고 대부분의 스탯을 힘에 투자하고 있는 중이 고 얼른 힘 100을 만들어야 한다며 고군분투하는 중이다.

행동 패턴이 단순하고 덩치가 큰 몬스터를 공략하는 데엔 적 격이지만 빠르고 민첩하며 작은 생물체를 상대하기엔 아무래도 힘든 모양인 듯했다.

종원의 말에 따르자면 힘 스탯만 올리게 되면, 힘 스탯 100 초 과 시 상당한 페널티가 주어진다고 하는데 대표적으로 움직임 이 굉장히 느려진다고 했다. 눈에 띄게 말이다.

현석이 다소 건방져 보이는 표정으로 말했다.

"인마. 그래서 사람은 밸런스가 제일 중요한 거야."

"쇼 미 더 머니다 개새끼야. 너나 가능한 거지 그건. 스탯계의 만수르 같은 새끼."

"그건 칭찬이냐 욕이냐?"

"욕 반, 칭찬 반이다!"

그리고 며칠 뒤, 하종원을 격파한 그 슬레이어가 플래티넘 등급을 주지 않는다면 파격적인 조건 아래 미국 유니온으로 넘어가겠다는 소식을 전해왔다. 미국 유니온은 현재 인재를 수용하는데 아낌없는 지원과 투자를 하고 있는 중이었고 하종원을 꺾은 신인(?) 슬레이어 역시 그 대상에 포함되는 듯했다.

한국 내 여론이 높아지기 시작했다.

―아무리 하종원이 힘 스탯 위주의 느린 슬레이어라고는 해도 그를 PvP로 꺾은 슬레이어를 놓친다는 건 말 그대로 바보 같은 행위.

―차라리 플래티넘 등급을 주는 것이 나을 듯. 하종원을 꺾었으면 그 정도 자격은 있는 거 아닌가?

―저런 인재를 놓친다면 한국 유니온의 무능함을 입증하는 꼴.

하종원이 머리를 긁적거렸다.

"날 이겼다는 게 뭐 이리 파장이 커?"

"당연하지. 미우나 고우나 너는 한국 내 톱급인데."

"아니, 나야 몬스터 슬레잉용이지 대인용 캐릭이 아니잖아. 좀만 생각해 보면 쉬운데. 나 PvP는 약체잖아."

"어디 세상이 그렇게 만만하게 돌아가냐? 이유 같은 건 중요하지 않아. 중요한 건 너가 개한테 깨졌다는 거지."

현석은 생각에 빠져들었다.

'복싱을 배웠다고는 해도 뭐……. 솔직히 잘하는 건 아니고.'

하종원 같은 꼴이 날 수도 있다. 물론 종원은 절대 그럴 리 없다며 자신하고 있지만, 또 현석도 질 거라고는 절대 생각하지 않지만 어쨌든 만에 하나라는 것도 있게 마련 아닌가.

'과연 내 능력이 대인전에서도 통할까……?'

물론 현석은 올 스탯 슬레이어다. 민첩 수치도 굉장히 높다. 그러나 인간과의 싸움은 해본 적이 없다.

아직까지는 커다란 몬스터들만 나오는 추세지만 훗날이 되면 어떻게 될지 모른다. 그 슬레이어처럼 재빠른 몬스터가 나올 수도 있다.

'그런데 실수로 잘못 치면 죽을 수도 있을 텐데.'

말을 들어보니 아무래도 속도 위주의 교란형 슬레이어인 것 같다. 그렇다면 피통이 적을 텐데 잘못 쳤다가는 본의 아니게 살인을 할 수도 있다.

'잠깐 연습이 필요하겠어.'

마침 종원은 그 슬레이어와 PvP를 한 경험도 있으니 어느 정도 그 슬레이어의 능력을 파악했을 거다.

그 수치와 대략적으로 비교해 보면 적당한 충격 수치를 알 수 있을 터.

현석이 말했다.

"야, 종원아. 일단 시험 삼아서 너 나랑 PvP 한번 해보자."

신인 슬레이어에게 퍼펙트로 무참히 깨졌을 때도 실실 웃던 종원의 얼굴이 핼쑥하게 질렸다.

"시, 시발…… 형 왜 그래…… 괴, 괴롭히지 마."

CHAPTER 10

종원은 상당히 연약한 슬레이어다. 적어도 현석과 비교하면 그랬다. 종원이 투덜거렸다.

"씨팔……. 죽는 줄 알았네."

"너 맷집이 왜 그렇게 그지 같냐?"

종원은 할 말을 잃었다. 누가 있어서 당대 최고의(?) 슬레이어 인 종원에게 맷집이 거지 같다고 말을 할 수 있을까. 단언컨대 현석 외에는 아무도 없을 거다.

운동. 특히 웨이트 트레이닝을 할 때에는 저중량부터 시작하 여 고중량으로 넘어가는 것이 대부분이다. 보통은 피라미드 세트라고 이야기를 많이 하는데 부상의 위험을 줄이고 운동 효과를 높이는 방법 중 하나라고 할 수 있겠다. 특히나 피라미드세트는 저중량에서 조금씩 조금씩 중량을 높여가게 되는데 자신이 들 수 있는 무게부터 조금씩 높여가기 때문에 자신이 들 수 있는 한계 중량을 파악하는 데에 있어서 어느 정도 안전을 보장해 주는 방법이라고 할 수 있다.

현석과 종원의 PvP는 남들이 보면 PvP 같지도 않았다. 피라미드 세트식으로, 현석이 조금씩 조금씩 강도를 세게 줘가면서 종원의 맷집을 시험해 봤다.

결과는 참담했다. 힘을 별로 주지도 못했다. 공격 의사가 담김에 따라 하종원의 H/P가 눈에 띄게 줄어들었기 때문이다. 현석의 말에 따르면, 종원의 맷집이 거지 같은 것으로 판명 났다. 그리고 종원 역시 현석에게 공격을 퍼부었는데 이번에도 결과는 참담했다. 이번에도 현석의 말에 따르면, 종원의 공격력이 거지같은 것으로 판명났다. 하여튼 현석과 종원의 PvP는 그렇게 끝이 났고 현석은 플래티넘 등급을 달라고 요청한 슬레이어와의 PvP를 받아들였다. 이를테면 플래티넘 승급 테스트와 같은 개념이었다.

PvP는 비밀리에 치러졌다. 증인으로는 유니온의 2인자인 하종원이 서기로 했다.

현석은 유니온 측에서 비밀리에 마련해 준 연무장에서 상대 슬레이어와 마주했다. 조금 의외였다. 종원은 자신이 완벽하게 패했다는 것과 슬레이어의 능력에 대해서만 말해줬지 그 외에 별다른 언급을 하지는 않았었다.

나름대로 반전이라면 반전이리라.

'그 슬레이어가… 여자였어?'

＊　　　　＊　　　　＊

의외로 플래티넘 등급을 받겠다며 주장한 슬레이어는 여자였다.

당연히 남자라고 생각한 것이 이상하다면 이상한 노릇이라고 할 수 있겠지만 상위 급 슬레이어들은 대부분 남자라는 것을 생각한다면 그렇게까지 이상한 건 아니었다. 예전에 임시 길드를 수립해서 슬레잉을 했었던 이채림이 생각났다. 그녀 역시 빠른 움직임을 바탕으로 한 몬스터의 교란에 중점을 둔 슬레이어였다.

'그러고 보니 이채림과 비슷한 부류겠네.'

그러나 이채림과는 약간 다를 거다. 종원이 말하길 아마도 어떤 스페셜 클래스를 가지고 있을 거라고 했다. 그리고 특수 능력이 무엇인지 파악하지 못했단다.

'그래봐야… 이제 노멀 모드일 뿐이야. 상위 모드도 아니고

겨우 노멀 모드에서 히든 클래스가 엄청나게 빛을 발할 리는 없어.'

종원과 마찬가지일 거다. 종원 역시 스페셜 클래스인데 스페셜 클래스로서의 메리트가 아주 크다고 볼 수는 없었다. 아마도 아직 노멀 모드이기 때문이리라 짐작하고 있었다.

현석은 그녀와 마주섰다. 종원이 유니온 측에서 마련한 기준을 읽어주었다. 크리티컬 히트의 위험이 있는, 상대의 급소를 공격하지는 말 것과 같은 조항들이었는데 사실상 대부분 아는 것들이라 현석은 그걸 흘려들었다. 별로 중요한 것도 아니었고.

"반갑습니다. 유현석입니다."

여자는 말수가 굉장히 적었다. 고개를 살짝 끄덕이는 것으로 인사를 대신했다. 어찌 보면 상당히 예의가 없어 보이기도 했다. 그녀는 자신의 이름이나 여타 다른 신상에 대해선 말하고 싶어 하지 않는 듯했다.

"제가 그쪽… 그쪽이라고 하면 말하기 좀 그런데 성함이라도 좀 알려주시죠."

"홍세영."

이건 예의가 없는 건지, 아니면 긴장을 해서인지 잘 모르겠다만 현석은 피식 웃었다. 일부러 조금 자극했다.

"혹시 긴장했어요?"

"……."

"걱정 마요. 살살할 테니까."

현석은 짐짓 여유 있는 표정으로 어깨를 으쓱했다. 아마도 자존심을 제대로 건드렸으리라. 스스로 플래티넘 슬레이어가 되고 싶다 주장했으며 하종원과의 PvP도 거리낌 없이 한 것으로 보아 이 여자는 스스로에 대한 자신감이 하늘을 찌르고 있을 터. 현석은 좋은 생각이 나서 약간은 장난스런 어조로 말했다.

"아참, 내 슬레잉 조건은 들었어요? 미리 전갈이 갔을 텐데."

"……."

그런 거 없다. 방금 즉석에서 생각났다. 다시 말해, 농담을 가장한 사기다.

현석의 나쁜 버릇이 여기서 튀어나왔다. 그러나 여자는 자존심 때문인지 입을 열지 않고 현석을 가만히 쳐다보기만 했다. 현석은 더욱더 여유롭고 또 건방진 태도로 말했다. 어깨를 한껏 펴고 턱을 살짝 들어올린 뒤 오만한 눈으로 여자를 쳐다봤다.

"제 H/P 10퍼센트 이상 못 깎으면 미국행은 고사하고 우리 인하 길드에 들어와야 하는데……. 그거 알고 덤비는 거죠?"

아마 여자는 속으로는 굉장히 당황하고 있을 거다. 전혀 듣지 못한 내용이니까. 심지어 하종원도 당황하고 있다. 하종원도 이 얘기는 처음 듣는다. 당연했다. 현석도 방금 떠올린 생각이니까.

"어차피 그것도 못 하겠지만."

그리고 그녀는 당황과 더불어 분노까지 하고 있을 거다. 현석이 자존심을 제대로 긁었다.

10퍼센트. 국내 최고의 힘 스탯 슬레이어 하종원마저도 퍼펙트로 이긴 그녀다. 물론 종원에게 있어서 상성이 매우 뛰어나다는 것을 부인할 수는 없겠지만 어쨌든 결과는 그랬고 현석은 그런 그녀의 자존심을 팍팍 긁어냈다.

종원이 PvP의 시작을 알렸다.

당연히 현석이 퍼펙트로 아주 수월하게 이길 줄 알았다. 그런데 의외의 상황이 벌어졌다. 하종원이 깜짝 놀라 입을 쩍 벌렸다.

*　　　　　*　　　　　*

무지하게 빠르더라, 정도가 하종원이 그녀의 능력에 관해 남긴 설명의 전부라고 할 수 있었다. 힘 스탯을 위주로 올린 종원은 그녀를 제대로 맞추는 것조차 못 했고 덕분에 퍼펙트로 패배하고 말았다. 그런데 그때 봤던 것은 약과였다.

홍세영의 모습이 갑자기 사라졌다가 나타났다. 종원은 물론이고 심지어 현석마저도 그녀의 움직임을 놓쳤다. 그녀의 주무기는 레이피어 형태의 기다란 검. 그러나 그것 외에도 단검을 하나 사용하는 듯했다. 어느 새인가 현석의 목에 푸른빛이 감도는 단도를 들이대고 있었다. 그녀는 승리를 자신했다. 감정을 숨기려고 하고는 있지만 약간 들뜬 목소리로 말했다.

"항복해요. 독이 묻은 단검이에요. 방어력이 아무리 높아도 치명상을 입혀요."

하종원은 저번에 이런 움직임을 보지 못했다. 아무래도 플래티넘 슬레이어를 상대하기 위해 숨겨둔 비장의 한 수 같았다.

갑자기 급습하여 급소를 노리는 공격. 저대로 공격이 들어갔으면 크리티컬 히트가 떴을 것이 확실해 보였다. 종원도 사실 많이 놀랐다. 예전에도 빠르다고 느꼈었지만 이토록 갑자기 눈앞에서 사라지진 않았었으니까.

현석은 순식간에 상황 파악을 끝냈다.

'모든 스탯이 나보다 높을 리는 없어. 최초 200스탯 돌파자인 나보다 민첩 역시 확실히 낮겠지. 그렇다면 이런 움직임을 가능하게 만드는 건 스킬일 가능성이 높다. 내가 눈으로 파악하지 못했다는 건 일종의 순간이동 비슷한 것일 거야. 게다가 독검을 사용한다는 건 일신의 공격력만으로는 내 방어를 뚫을 수 없다는 걸 드러내는 꼴이고.'

현석이 피식 웃었다. 현실에서라면 독검은 무서울 수밖에 없다. 단도에 생기는 상처보다도 독에 의한 상해가 훨씬 클 테니까. 그러나 지금은 전투 필드가 펼쳐져 있는 상태다. 그리고 현석은 노멀 모드의 규격을 초과하는 슬레이어다.

현석이 슬며시 목을 단도에 가져다댔다. 이 정도로는 대미지가 없었다. 힘을 조금씩 더 줬다. 목덜미로 단도를 밀어내는 형국이다. 힘을 조금씩 더 주자 그녀의 단도가 밀리기 시작했다.

세영의 안색이 조금씩 질려가기 시작했다.

"무, 무슨 짓을……!"

현석에게도 알림음이 들려왔다. 독검이라더니 그 말이 거짓말은 아니었던 모양이다.

[독에 중독되었습니다.]
[대미지 −1]
[대미지 −1]
[대미지 −1]

문제는 대미지를 입는 속도보다 훨씬 더 빠른 속도로 H/P가 차오른다는 것. 심지어 현석의 내성이 강한 건지 겨우 −3 이후로 끝이었다. 홍세영이 이를 악물고서 거리를 벌렸다. 비장의 한수인 듯했는데, 여간 분한 게 아닌 것 같았다.

홍세영은 믿을 수가 없었다.

'이게 어떻게… 트롤도 죽일 수 있는 맹독인데……'

홍세영이 거리를 벌렸다. 그녀를 보면서 현석은 피식 웃었다.

'확실히… 기술과 스피드로 승부 보는 타입인 것 같네.'

몬스터를 상대로 어떠할지는 시험해 봐야 알겠지만 확실히 대인전에 있어서는 무조건적인 파워보다는, 기술과 스피드를 가지는 게 훨씬 유리했다.

그녀가 스텝을 밟기 시작했다. 표정을 보아하니 제법 비장했다. 현석은 '무도'에 대해서는 잘 모른다.

'검도… 아니, 펜싱 느낌이려나?'

아마도 펜싱을 기본으로 한 검술을 구사하는 것 같았다. 스텝은 굉장히 빠르고 단조로웠다.

현석은 복싱을 배우고 있어서 안다. 복싱의 기본은 스텝이다. 상체의 움직임보다 더 중요한 게 하체의 움직임이라고 할 수 있었다. 유리한 위치를 선점하고 상대에게 공격을 허용하지 않기 위해선 좋은 스텝이 필수다.

'그런데 이걸 귀엽다고 해야 하나……?'

원래대로라면 저 빠르고 현란한 움직임에 정신이 없어야 정상인데 전혀 그런 느낌이 없었다. 이를테면 유치원생의 재롱을 보는 것 같은 기분이랄까. 비장의 한 수가 어긋난 시점에서 이미 승패는 정해져 있는 것과 다름없었다.

그에 반해 종원은 전혀 다른 느낌을 받고 있었다.

'씨팔……. 처음의 그 사기적인 움직임도 그렇고……. 멀리서 보니까 장난 아니네.'

무협지와 같은 소설을 보면 상대의 기세를 느끼고 그 기세에 압도당하기도 한다. 그런 게 무협지에만 존재하는 건 아니었다. 실제로 운동을 전문적으로 한 사람을 앞에 두고 있을 때, 그리고 그 스텝을 마주했을 때 일반인은 어떻게 할 수조차 없는 무기력감을 느끼곤 한다.

지금 종원이 그녀에게 느끼는 감정이 그랬다. 무작정 치고 들어가다간 크게 얻어맞을 것 같고 그렇다고 안 들어가도 얻어맞을 것 같은 그런 요상한 기분이 들었다.

'근데 그래봤자……'

세영의 움직임에 감탄한 건 감탄한 거고, 불쌍한 건 불쌍한 거다. 상대를 잘못 만나도 너무 잘못 만났다. 그건 그렇긴 한데.

'대놓고 방심하고 있네. 저러다 크리티컬 히트가 터진다. 그건 좀 아플텐데?'

그리고 실제로 크리티컬 히트가 터졌다. 현석에게 알림음이 들렸다.

[크리티컬 대미지가 적용됩니다.]

그리고 그 반가운 메시지는 세영에게도 들렸다.

그런데 그 반가운 메시지가 세영을 배신했다. 세영의 얼굴이 흙빛으로 변했다. 자제하려고 하는 게 보이긴 보이는데 그래도 당황한 건 어쩔 수 없는 듯했다. 크리티컬 히트는 금기다. 물론 실수이기는 하지만 그래도 금기를 어긴 건 어긴 거다. 실제로 크리티컬 히트는 그 대미지가 어떻게 나올지 알 수 없기 때문에 사람을 죽일 수도 있다. 그런데 막상 크리티컬 히트를 얻어맞은 현석은 마음 편히 생각했다.

'어라, 크리티컬 히트네.'

크리티컬 대미지 같은 거, 오크 상대할 때도 많이 당해봤다. 그런 거 이미 익숙해진 지 오래다. 애초에 방어 따윈 생각 안 하고 맷집으로 무식하게 밀어붙이다 보면 허구한 날 터지는 게 크리티컬 대미지다. 이 알림음은 매우 익숙했다. 그리고 크리티컬 대미지를 입으면 알림음이 따로 또 들려온다.

[크리티컬 대미지가 적용됩니다.]
[대미지 ─0]

아주 익숙한 알림음이 들려왔다. 크리티컬 히트가 터져도 언제나 대미지는 0이었다.

'별거 아니네.'

현석은 완전히 무방비한 상태로 공격들을 허용했다. 종원이 보기엔 조금 어처구니없는 상황이 펼쳐졌다.

여자는 이를 악물고 현석의 몸을 구석구석 찔러대고 있었고 현석은 딱히 방어라고 할 것도 없이 대충 피하고 또 대충 맞았다. 한눈에 봐도 정말 성의 없이 피하는 게 보일 정도였다. 피한다고 하기에도 좀 미안할 정도다.

그에 반해 세영의 공격은 점점 더 날카로워졌다. 처음에는 팔다리 등을 공격하다가 이젠 대놓고 급소들을 찔러대기 시작했다.

그녀의 실력은 진짜였다. 그녀가 공격할 때마다 정확한 알림음이 들려왔다.

[크리티컬 대미지가 적용됩니다.]

그러나 현석의 H/P는 전혀 떨어지지 않았다. 현석의 무지막지한 방어력을 뚫지 못하는 거다. 이건 종원이 원하는 이상향이기도 했다. 극강의 맷집과 파워를 가지고 우직하게 밀어붙이는 스타일.

'씨팔, 근데 쟤는 그게 아니라 다른 것도 다 가능한데 저런 어처구니없는 스타일까지도 되는 거잖아. 씨팔, 씨팔 치트키새끼.'

크리티컬 히트가 연달아 터졌으나 그래봐야 대미지는 ―0이다. 아무리 빠르고 정교한 공격이어도 일단 대미지가 안 들어가면 소용없다. 그리고 시간이 흘렀다. 이제 현석은 피하지도 않았다. 그냥 대놓고 맞아줬다. 귀찮은지 대놓고 하품까지 했다.

일부러 도발한 거다.

시간이 흐르면 흐를수록 지쳐 가는 건 세영이었다. 바위 앞에서 춤을 추는 원숭이 정도로 비유한다면 얼추 비슷한 상황일 거다. 원숭이가 아무리 춤을 춰봤자 바위에는 흠집 하나 안 난다.

현석이 말했다.

"슬슬 패배 인정하죠?"

*   *   *

PvP 자체는 비밀리에 치러졌지만 결과는 밝혀졌다.

〈플래티넘 슬레이어. 그 위용을 드러내다!〉
〈하종원을 퍼펙트로 꺾은 슬레이어. 플래티넘 슬레이어에게 순순히 패배 인정.〉
〈플래티넘 슬레이어에게 퍼펙트 패배!〉

정확한 내용은 밝혀지지 않았지만 어쨌거나 패배를 했다는 건 알려졌다. 덕분에 현석의 이름값이 더욱 높아졌다. 물론 현석의 이름이 높아졌다기보다는 플래티넘 슬레이어의 명성이 높아진 것이지만.

서울 시내. 커피숍.

현석이 말했다.

"미안합니다. 사실 기분 나쁘게 하려던 건 아니었고……. 일부러 자극하고 흥분하게 만들려고 계속 농을 던진 겁니다. 이래 봬도 잔머리의 귀재거든요."

"……."

커피숍 맞은편에 앉은 그녀는 아무런 말도 하지 않았다. 그래도 현석은 알고 있었다. 이 여자는 자신에게 호감까지는 아니어도, 호기심 비슷한 것은 갖고 있을 거라는걸.

플래티넘 슬레이어라는 이름만으로도 충분히 호기심이 갈 만한 명함이며 연무장이 아닌 다른 곳에서의 현석은 상당히 젠틀하며 매너도 좋았다. 그 상반된 매력이, 아직 남성으로서의 매력까진 아니어도 인간으로서의 매력 정도는 느끼게 해주었다.

'애초에 내가 정말로 싫으면 이런 사적인 자리엔 나오지도 않아.'

현석은 속으로나마 피식 웃었다. 아무리 겉으로 표현을 안한다고 해도 행동 하나하나에서 다 드러난다. 심지어 지금 보니 제법 예쁘게 화장까지 하고 있었다.

물론 과하지 않은, 일상적인 수준이지만 일단 사적인 자리에 어느 정도 꾸미고 나왔다는 건 적어도 현석을 아주 싫어하지는 않는다는, 더 정확히 말하자면 적어도 한 번은 만나볼 만한 사람이라고 생각하고 있는 중이라는 뜻이다.

'그다음부턴 내가 하기에 달렸지.'

현석은 아메리카노를 홀짝이고선 장난스레 말했다.

"어? 진짠데……. 저 지성 스탯 엄청 높아요. 이리저리 눈알 돌리는 거 못 봤어요? 이거 비밀인데……. 지성형 슬레이어에 요, 나."

세영은 어이없다는 듯 현석을 쳐다봤다. 자기가 지성형 슬레이어란다. 그 무지막지한 맷집을 소유한 남자가 말이다. 크리티컬 히트가 터졌는데 대미지가 0이 들어가는 건 또 처음 봤다.

'뭐 이딴 남자가 다 있어?'

세영은 스스로를 지성형 슬레이어라고 주장하는 이 어처구니없는 남자를 보고 어이가 없는 한편 관심도 조금 생겼다. 현석도 거짓말한 건 아니다. 현석은 슬레이어들 중 지성 스탯이 가장 높으니까. 적어도 최초로 200스탯을 돌파한 슬레이어다.

어쨌든 대화는 계속해서 이어졌다. 저번에 채찍을 활용했다면 이번엔 당근을 활용하면 된다. 특하나 이 여자의 경우는 스스로 플래티넘 등급을 요구할 만큼 자신의 실력에 상당한 자신감이 있었던 모양이고 그것이 여지없이 깨져 버렸으니 이번엔 그걸 해결할 기회를 만들어주면 된다.

"싸이클롭스를 잡으면 어떤 등급의 업적이 주어지는지 알아 요?"

"…불가능… 이요."

그건 이미 유명한 사실이다.

"불가능 업적은 일반 업적보다 보너스 스탯을 훨씬 많이 받을 수 있어요. 그건 알죠?"

세영은 고개를 끄덕였다. 의지에 의한 것이라기보다는 저절로 끄덕여진 것에 가까웠다. 불가능 업적이라니. 말로만 들어봤다.

"저랑 같이 다니면 불가능 업적 많이 깰 수 있어요. 이래 봬도 업적쟁이거든요 제가."

업적쟁이는 또 무슨 말인지 모르겠다만 세영은 피식 웃고 말았다.

그로부터 며칠이 지난 어느 날 세영으로부터 연락이 왔다. 그 시점에서, 인하 길드에 새로운 인원이 추가됐다.

힘 스탯의 한 방 슬레이어 하종원, 민첩 스탯의 교란형 슬레이어 홍세영.

Ratio heal과 상급힐을 동시에 갖춘, 아직 M/P는 부족하지만 최상위 급이라 할 수 있는 회복 슬레이어 강평화.

현석과 함께 다닌 덕분에 슬레잉 시간 대비 스탯이 굉장히 높은 보조 슬레이어 유민서.

그리고 그 모든 걸 다 포함하는 유현석까지.

거기에 하종원이 한 사람을 더 제안했다.

"야, 현석아. 우리 명훈이도 영입하자. 아니. 반드시 해야만 해."

"명훈 씨?"

예전에 트윈헤드 트롤을 가장 먼저 발견했던, 괴짜 이명훈이 기억났다. 종원과 상당한 친분이 있다고 들었다.

"봐봐. 인하 길드가 지금 구색을 제법 갖춰가고 있잖아. 명훈이도 특수 클래스를 갖고 있는데……. 직접 밝히고 싶대. 일단 얘기라도 한번 나눠볼래? 자리 만들어줘? 아니, 제발 만들어줄게 만나봐 주세요."

끝에 한마디 더 붙였다.

"형."

종원의 태도는 다소 경망스러웠지만 명훈을 만나본 현석은 적잖이 놀랐다. 여태껏 모르고 있던 사실을 명훈으로부터 들을 수 있었다.

아무리 올 스탯 슬레이어 현석이라고 해도, 만능 슬레이어라고는 해도, 명훈을 영입할 수밖에 없는 이유가 생겼다.

"이런 변화까지 생겼다니……."

*　　　　*　　　　*

이명훈은 하종원과 제법 친분이 깊단다. 그런데 약간 괴짜여서 다른 슬레이어들과는 다른 길을 걷고 있는데 슬레잉 그 자체보다도 던전을 발굴하고 탐색하는 것. 그리고 새로운 몬스터를 찾아내는 것에 흥미를 느끼고 있단다.

그리고 이명훈의 경우 노멀 모드에 들어서면서 '트랩퍼'라는 클래스을 얻게 되었단다. 일반적인 슬레이어들이 찾지 못하는 것들을 찾아낼 수 있는 '탐색' 스킬을 위주로 한 탐색 활동을 벌이고 있는 클래스라고 했다. 몬스터 슬레잉에 초점이 맞춰진 지금 시점 있어서 트랩퍼란 클래스는 현석에게 굉장히 생소한 클래스이기도 했다.

현석은 TV를 보며 생각에 빠져들었다.

'사실상…… 어쩌면 다른 사람들보다 나한테 아쉬울 게 없는 편이긴 하지.'

세영 같은 경우는 현석과 같이 있으면 무조건 이득이다. 현석은 불가능한 업적을 깰 수 있는, 거의 유일한 사람이고 같은 필드 내에서 슬레잉을 하게 되면 스탯 포인트를 많이 올릴 수 있으니까. 그에 세영은 자존심을 세우지 않고 인하 길드에 소속되기로 했다.

사실상 인하에 소속된다는 건 그 어느 누구에게나 큰 메리트가 된다. 현석이 본격적으로 슬레잉을 하겠다 마음먹은 순간, 그 누구보다도 빠르고 쉽게 강해질 수 있는 길이 열릴 테니까 말이다.

그런데 명훈이 지향하는 길과는 약간 다르다는 것이 문제다.

'사실상 솔로로 다니는 게 더 편하긴 할 거야.'

명훈은 슬레잉이 목적이 아닌, 탐색과 탐사가 목적이다 보니 솔로인 게 편할 수도 있다.

아무리 전투 슬레이어들이 싸움을 잘한다 하더라도 산까지 잘 타는 건 아니다. 던전이 어디서 어떻게 나오는지도 모르는데 잘 찾을 수도 없다. 명훈의 목적이 던전 및 몬스터 탐색이라 했을 때, 현석과의 동행이 그렇게 큰 메리트가 될 수 없을지도 모를 일이다.

종원으로부터 명훈에 대한 설명을 좀 더 들을 수 있었다.

명훈은 원래 전투 슬레이어로 시작했단다. 그냥저냥 평범한 슬레이어도 아니고 I'UET에 소속되어 있던 길드원이었다. 그런데 노멀 모드에 진입하면서부터 탐색에 열을 올리기 시작했다고 한다.

다들 트랩퍼라는 클래스를 가졌다는 것만 알고 자세히 물어보지는 않았지만 아마도 '탐색'과 관련한 스페셜 클래스일 거라고 예상하고 있는 중이다.

'트랩퍼들 중에서도 특별한 트랩퍼일 확률이 높아.'

현석도 물론 굉장히 특별한 클래스이지만 명훈 역시 특별하다. 강함으로만 따지면 현석과 명훈은 비교할 수조차 없지만 이번엔 현석이 명훈을 크게 원했다.

현석이 보기에 명훈은 인하 길드에 소속되는 것을 그렇게 간절하게 원하는 것처럼 보이지는 않았다. 그는 던전 찾는 것 자체에만 흥미를 갖고 있는 것처럼 보였으니까. 적어도 일단 겉으로 그렇게 보였기 때문에 현석은 '빠른 업적과 그에 따른 레벨업'을 근거로 들어 명훈을 설득하려고 했다.

업적을 쌓아 스탯을 얻게 되면 더 좋은 스킬을 얻게 될 수 있을 거고 그건 곧 던전 탐색에 매우 유리해질 테니까.

'그렇게만 된다면 내게 엄청난 도움이 되는 거지.'

사실상 누가 봐도 명훈에게 이로운 이야기지만 명훈이 상당한 괴짜라는 말을 듣고 난 이후라 조금 더 깊게 생각했던 듯했다. 현석이 복잡하게 생각했던 것과는 별개로 이야기는 쉽게 풀렸다.

"좋습니다. 저도 인하에 들어가죠."

"예?"

명훈은 의외로 입을 쉽게 열었다.

"이미 예상하고 있으시겠지만 저는 트랩퍼들 중에서도 스페셜 클래스를 갖고 있어요. 트랩퍼 자체가 일단 희귀한 클래스이긴 하지만 조만간 많이 등장하게 될 거라고 예상하고 있어요. 하지만 스페셜 클래스의 트랩퍼는 굉장히 희귀할 거예요."

"흠……."

스페셜 클래스란다. 예상하고는 있었다. 그러나 그걸 입 밖으로 꺼내 인정하는 것과는 다른 문제다.

"종원이한테 못 들으셨나 보네요. 다 떠들었을 줄 알았는데. 어쨌든 이 클래스가… 스탯을 엄청나게 잡아먹는 클래스라서요."

이런저런 얘기가 오갔다. 이야기가 좀 진행되는가 싶었는데 다짜고짜 명훈이 말했다.

"그나저나 한전은 언제 때려치우실……. 아니."

그는 크흠, 죄송합니다 하고 헛기침을 한 뒤 다시 말했다.

"한전에서는 계속 종사하실 생각이신가요?"

종원에게 괴짜라고 듣기는 들었는데 이런 걸 두고 괴짜라고 하는 건가 싶었다. 남의 약점을 아무렇지도 않게 쿡쿡 찔러대는데 그 모습이 밉다거나 하지는 않았다. 원래 성격이 이런가 보다 하고 현석은 피식 웃었다.

"글쎄요……. 예전 같았으면 절대 그만두지 않겠다고 했을 텐데… 요즘은 고민이 많네요."

*   *   *

하종원과 홍세영은 잘 어울리는 듯, 잘 어울리지 않는 듯, 잘 어울리는 콤비였다.

현재 인하 길드의 위치는 북한산. 예전 트윈헤드 트롤이 나타났던 자리였다. 당시 트윈헤드 트롤은 보스 몬스터로 나타나 업적 포인트를 주었지만 이젠 아니다. 물론 여전히 잡기 힘들고 최상위 급 몬스터로 분류되고는 있지만 어쨌든 예전보다는 훨씬 약하다고 느껴졌다.

하종원이 털썩 주저앉았다. 홍세영은 하종원을 힐끗 보더니, 대꾸도 하지 않고 피식 한 번 웃어버렸다.

그녀의 웃음을 본 종원이 씩씩댔다.

"너 지금 도발하는 거지?"

홍세영은 또 하종원을 힐끗 보고 또 한 번 피식 웃었다.

"아오……. 나 없으면 트윈헤드 트롤 슬레잉도 못 하는 게."

"……."

홍세영은 하종원을 힐끗 보고 또 한 번 피식 웃었다. 그 웃음에는, '아무리 그래 봤자 너는 내 털끝 하나 건드리지 못했어. 이 퍼펙트로 깨진 패배자야'라는 명백한 도발과 비웃음이 잔뜩 담겨 있었고 하종원은 지금 당장에라도 다시 PvP를 뜨자며 방방 뛰었으나 그래 봐야 혼자만 성이 날 뿐이었다.

그리고 실제로 PvP를 한다고 해봐야 어차피 또 퍼펙트로 깨질 확률이 높았다.

어쨌든 요즘 인하는 북한산에서 슬레잉을 연습하는 중이다.

그러던 차에 현석에게 전화가 왔다.

—길장, 발견했다.

명훈이었다.

명훈은 현석, 종원과 동갑이고 서로 말을 편하게 하기로 했다. 이건 명훈이 먼저 제의한 건데, 다짜고짜 말부터 놓자고 말하던 그 모습에 현석은 약간 당황하기는 했지만서도 며칠이 흐른 지금은 완전히 익숙해졌다. 그래도 야야, 하지는 않고 꼬박꼬박 길장이라고는 불러줬다.

현석이 저도 모르게 목소리를 높였다.

"뭐라고?"

—위치는 찍어 보낼 테니까 얼른 와. 지금 북한산이지? 가까워.

"그니까 뭘 발견했냐고?"

—던전! 히든이라고! 히든 던전!

노멀 모드에서, 탐색에 의한 첫 던전이 발견되었다. 인하 길드 소속 슬레이어, 이명훈에 의해서 말이다.

그런데 트랩퍼의 스킬을 사용하여 던전을 찾아낸 것까지는 좋았다. 문제는 거기서 발생했다. 이지 모드 때와는 달리 던전은 그 스스로 모습을 드러내지 않았는데 트랩퍼에 의해 발견된 던전은 이지 모드 때와 마찬가지의 모습으로 나타나게 된단다.

인하 길드 던전 앞에 도착했을 때에, 문제가 발생해 있었다.

CHAPTER 11

명훈은 확실히 트랩퍼들 중에서도―아직은 트랩퍼라는 클래스가 다른 사람들에게 있는지 확실치는 않지만―확실히 능력이 뛰어난 트랩퍼였다. 적어도 아직까지 다른 슬레이어에 의해 '히든 던전'이 발견되었다는 말이 없었으니 아마도 명훈이 발견한 이 던전이 최초일 거고 최초로 히든 던전을 발견했다는 건 그만큼 능력이 뛰어나다는 것을 의미한다고 볼 수 있었으니까.

　　그런데 히든 던전을 발견한 것까지는 좋은데 이 히든 던전이 발견과 동시에 모습을 드러냈다는 거다. 그리고 때마침 근처에 있던 길드가 이 던전을 발견했고 던전의 소유권(?)을 놓고 명훈과 분쟁이 붙었단다.

이명훈과의 대화가 어떻게 진행됐는지는 모르지만 인하 길드가 이곳에 도착했을 때 저쪽 길드에서, 감정이 꽤나 격앙된 어조로 PvP를 통해 소유권을 갖자고 주장했다.

어쩌면 이명훈은 이걸 노렸을 수도 있다. 사실상 현석이 포함되어 있는 인하와 PvP를 붙어서 이길 수 있는 길드는 없다고 봐도 됐으니까.

사실상 쉽게 쉽게 일을 해결할 수도 있기는 있었다.

왜냐하면 현석은 한국 내 유일한 플래티넘 등급의 슬레이어고 혼자서 싸이클롭스 슬레잉이 가능한 전무후무한 슬레이어이기 때문이다.

세계 어딜 가나 인맥은 중요하다. 그리고 현석은 1순위로 친해져야만 할, 혹은 잘 보여야만 하는 인맥에 속했다.

아무리 많이 늘어났다고는 해도 슬레이어의 숫자는 겨우 1만 명 정도이며 그중에서도 현석과 사냥터가 겹치는 상위 급 슬레이어는 10퍼센트 정도 된다. 그러니까 어지간하면 한 다리 건너면 알 수도 있는 좁은 세계라는 뜻이다.

그러한 가운데 플래티넘 등급의 슬레이어와 척을 져서 좋을 게 없다. 물론 쉽게 던전의 소유권 자체를 양보하지는 않겠지만 생각이 있는 길드라면 플래티넘 슬레이어와의 슬레잉을 쌍수를 들고 환영할 거다.

던전 앞에서 일어난 상황에 현석은 고개를 절레절레 저었다.

'언제부터 던전이 이렇게 쉽게 보이게 됐지?'

노멀 모드에서 처음 등장한 던전이다.

아무리 운이 좋았다고 해도 던전을 찾아낸 건 물론 대단한 일이다. 그런데 그게 다가 아니다. 금고를 발견은 했으나 금고의 비밀번호를 풀 수 없다면 그건 발견하지 못한 것과 같았다. 오히려 더 아쉽다.

'노멀 모드의 던전을 가볍게 보고 있다니.'

예전 던전이 처음 등장했을 때에 슬레이어들이 대거 실종되었고 사망자들이 발생했었다는 걸 잊은 듯했다. 던전에서 나오는 보상이 물론 굉장히 큰 건 맞지만 그래도 목숨보다 소중한 건 없다고 생각하는 현석이다.

'저렇게 앞, 뒤 가리지 않고 들어가고 싶어 하는 것을 보면 자신의 실력을 지나치게 믿고 있는 부류지.'

사실상 운전도 2~3년 정도 해서, 어느 정도 자신감이 붙었을 때에 사고가 제일 많이 일어난다고 한다. 아예 초보일 때는 조심하고, 또 아예 고수일 때는 능숙한데 어중간하게 잘하면서 자신감을 가질 때에 가장 위험하다는 소리다.

만약 최상위 급 슬레이어였다면 던전을 발견했을 때 단독으로 입장하려는 것이 아니라 다른 길드의 슬레이어라고 할지라도 주변의 다른 슬레이어들을 어떻게든 영입해서 같이 들어가려고 했을 거다. 그리고 어쨌거나 던전을 찾아낸 다른 길드—여기서는 현석의 인하—의 실력을 인정하여 같이 클리어를 시도해 볼 거다.

'만약 내가 일반 슬레이어였다면 협조를 요청했을 거다.'

그런데 그건 물 건너갔다. 이지 모드 규격을 초과하는 스탯을 가졌을 때에 이지 모드의 던전은 쉽게 클리어했다. 마찬가지로 노멀 모드 규격을 초과하는 스탯을 가진 지금, 노멀 모드의 던전은 쉽게 클리어가 가능할 거다.

'PvP를 통한 소유권 획득이라……. 오히려 이렇게 된 게 나아.'

현석도 성인군자는 아니다. 친구나 동생에게 퍼주는 건 그리 아깝지 않은데 생판 모르는 남과, 그것도 지금 이 순간만큼은 적이라고 할 수 있는 사람과 업적 보상을 나누고 싶은 마음은 없었다.

어차피 슬레이어의 세계에서의 강함 역시 상대적인 거다. 생판 얼굴도 모르는 남을 도와줄 필요는 없지 않은가. 예전 I'UET와의 동행처럼 뭔가 현석에게 이득이 되는 것도 아닌데 말이다.

플래티넘 슬레이어임을 증명한다면 저쪽에서 굽히고 들어오겠지만 일부러 하지 않았다. 애초에 저쪽에서 먼저—이곳에 도착하기 전 명훈의 수작이 있었을 거라 짐작은 하지만—PvP를 신청했고 그 대상으로는 운 나쁘게도 현석을 지목했다. 여자들은 여자라서 안 된다며 여유를 부렸고, 남은 건 하종원과 유현석이었는데 그들의 눈에는 유현석이 더 약해 보이는 듯했다.(여기서 하종원의 얼굴을 못 알아봤다는 건 그들의 안목이 그 정도 수준이라는 뜻이기도 했다. 최상급 슬레이어들은 적어도 서로의 얼굴 정도는 다 안다.)

남자가 말했다.

"전투 필드는 이쪽에서 먼저 펼칠까요?"

상당히 자신만만했다.

말투로 보아 저들은 승리를 확신하고 있었다. 그야말로 우물 안 개구리였다. 최상위 급 슬레이어라면 현석에 관하여 어느 정도는 알고 있을 거다. 현석에 관해 전혀 모르고 있다는 건 이들은 최상위는커녕 상위 급도 아닐 가능성이 높았다. 다만 운이 좋아 던전을 발견한 듯했다.

현석이 어깨를 으쓱했다. 자신만만해 보이는 남자와는 달리 약간 머뭇거리는 모양새였다.

"예… 뭐. 그러시죠."

"일단 가볍게 시작하죠."

남자가 스텝을 밟기 시작했다. 아무래도 운동을 배운 사람이었는지 몸놀림이 예사롭지 않았다. 홍세영이 아무도 모르게, 입꼬리를 살짝 말아 올렸다.

어지간히 눈썰미가 좋지 않으면 알아보지도 못할 만큼 미세

한 변화였지만 한 가지는 확실했다. 그녀는 남자를 비웃고 있었다.

"핫!"

남자가 검을 내질렀다. 현석은 피하지도 않았다.

"어… 어?"

남자는 당황했다. 상대가 피할 줄 알았는데 가만히 있는 게 아닌가. 오히려 무슨 속셈인가 하여 멈칫한 사이 현석이 살짝 툭 밀쳤다. 그것도 새끼손가락으로. 힘 조절을 열심히 한다고 하긴 했는데 H/P가 20퍼센트 넘게 깎여 나갔다.

현석이 어깨를 으쓱했다.

"아… 이게 공격 의지가 담기면 대미지가 너무 강해져서요. 죄송합니다."

남자들 모두가 벙찐 얼굴이 됐다. 심지어 회복 슬레이어도 당황해서 힐을 잊을 정도였다. 그걸 현석이 캐치했다.

"힐이나 주세요. 저 힘 조절 잘못해서 살인하긴 싫거든요."

"아, 아, 아……. 예, 넵!"

회복 슬레이어라 짐작되는 남자가 난데없이 차렷 자세를 취하더니 힐을 했는데 목표 대상이 잘못돼서 현석에게 힐을 줬다. 어지간히도 당황한 모양이다.

그것을 본 강평화가 현석에게 언어맞은(?) 남자에게 힐을 줬는데 힐 한 번에 H/P가 가득 찼다. 평화의 힐 절대량이 높기도 했지만 남자의 H/P 절대량이 적다는 것을 의미하기도 했다.

"강규의 H/P 20프로를……. 단 한 번의 힐로 꽉 채웠어?"

그런데 강규라는 슬레이어의 H/P는 상당히 높았던 듯했다. 적어도 저쪽 길드 내에 있어서는 말이다.

"저… 저거 상급힐이야?"

"그, 그런 거 같은데……. 상급힐 쓸 수 있는 사람은 회복 슬레이어 중 20프로도 안 된다며?"

현석은 남몰래 한숨을 내쉬었다.

'저런 주제에 슬레잉을 하겠다고? 노멀 모드의 던전을? 나참.'

이 길드의 이름은 모르겠다만 결코 던전에 진입하면 안 될 부류다. 자신들의 실력도 제대로 파악 못 하고 괜히 도전했다가 아깝게 목숨만 잃을 그런 타입.

현석은 아까의 약속을 다시 한 번 언급하면서 이 던전은 자신들이 클리어하겠다 하고서 내부로 진입했다.

[던전에 입성하시겠습니까? Y/N]

이지 모드에서의 알림과는 조금 달라졌다. 이지 모드에서는 '견습 던전'이었다. 그런데 이젠 던전이란다.

[노멀 모드 내, 최초로 던전에 입성합니다.]

[최초 입성으로 인한 쉬운 업적으로 인정됩니다. 보너스 스탯 +3이 주어집니다.]

[노멀 모드 규격 외 스탯으로 인한 페널티로 50퍼센트가 차감 되어 지급됩니다.]

노멀 모드 내 최초의 던전 입성이란다. 그것 또한 업적으로 인정되었다.

[노멀 모드 규격 외 스탯으로 인한 페널티로 던전의 난이도가 상향 조정됩니다.]

[안전 구역 및 회복 구간이 철회됩니다.]

[몬스터의 레벨이 상승합니다.]

[몬스터가 난폭해집니다.]

새로운 알림음도 들려왔다. 이지 모드에서는 현석으로 인한 페널티로 '안전구간과 회복구간의 철폐'가 있었다. 그런데 이젠 그것과 더불어 몬스터의 레벨이 상승하고 난폭해진단다.

원래 난폭하지 않은 몬스터가 어디 있겠냐마는 어쨌든 알림 음은 그랬다.

그런데 알림은 거기서 끝나지 않았다. 새로운 시스템이 적용 됐다.

[노멀 모드 내 최초의 던전 입성 확인 완료.]
[파티 시스템이 활성화됩니다.]

파티 시스템이 활성화가 되었단다. 설명을 살펴보니 그리 어렵지는 않았다. 온라인 게임과 똑같았다. 파티를 맺으면 파티원들끼리는 경험치를 공유하게 되는 시스템이었다.

어차피 같은 전투 필드 내에 있으면 같은 보상이 적용되는데 왜 굳이 파티 시스템이라는 게 생겼는지 의문이 생길 무렵, 그 의문은 금방 해소되었다.

'무모한 건지 멍청한 건지.'

이 던전은 인원수 제한이 없는 던전이다. 현석의 능력을 아주 조금이나마 견식했으니 저들은 클리어에 대한 욕심이 생겼을 거고 약속을 어긴 채 던전 안으로 들어와 버린 것이다.

현석 일행, 그러니까 인하 길드는 분명 이 던전을 클리어할 수 있을 거라고 생각했을 거고 거기에 한 발을 얹어 편승하고 싶어 하는 것 같았다.

'아니면 애초에 이 던전을 클리어할 수 있다고 생각했던 길드니까…… 협력해서 슬레잉을 하는게 좋지 않냐고 말할지도 모르겠군.'

남자가 말했다.

"어차피 업적 보상은 똑같이 받게 되는데……. 아이템은 10프로만 받는 걸로 할 테니까 협력해서 슬레잉을 하죠?"

현석은 어이가 없어 피식 웃었다.

그 웃음을 자기 멋대로 동의라고 해석한 남자는 활짝 웃었다. 그런데 남자는 현석을 너무 쉽게 생각했다. 현석은 그렇게 착하지도 않고 그렇게 나쁘지도 않은, 그냥저냥 평범한 사람이다. 적어도 스스로는 그렇게 생각했다. 이런 상황은 당연히 기분이 나쁘다. 심지어 아이템은 10프로만 받는 걸로 하겠단다. 이지 모드를 기준으로 생각했을 때 10프로만 해도 10억이란 커다란 돈이니 욕심이 나는 걸 이해는 하겠다만 짜증이 났다.

남자가 말했다.

"때마침 파티 시스템이 활성화되었다는 알림이 있었는데……"

현석은 모른 척했다.

"어라? 저한테는 그런 알림이 없었는데요."

길드원들에게 물었다.

"그런 알림 들은 적 있는 사람?"

종원이 가장 먼저 고개를 저었다. 대충 눈치를 챘다.

"우린 그런 거 없었는데?"

시스템은 모든 슬레이어에게 천편일률적으로 적용되지 않는다. 누군가는 이지 모드, 또 누군가는 노멀 모드 슬레이어다. 그렇기 때문에 남자는 납득하는 듯 보였다. 사실상 여태까지 파티 시스템이 활성화된 적은 없었고, 파티 대신 '협력'이라는 말을 주로 사용해 왔었으니까. 달라진 건 없었다. 여태까지와 똑같은 거다. 현석이 말했다.

"그럼 들어가죠."

종원은 옆에서 인상을 찌푸렸다. 종원은 어릴 적부터 현석을 봐왔다. 현석은 종원을 미친개라고 부르지만 종원은 현석을 가끔 사이코라고 부른다.

미친개야 원래 미쳤으니까 평소에도 날뛰는데, 평소에 조용한 사람이 화를 내기 시작하면 무섭다.

'그리고 저놈은 지가 화를 내는 것도 눈치 못 채게 화를 낸다는 게 더 무섭지.'

던전의 형태는 이지 모드 때와 비슷했다. 구불구불한 통로를 따라가다 보면 커다란 빈 공터가 있고 그 공터에 몬스터가 한 마리씩 있거나 혹은 무리 지어 있었는데 이지 모드와는 달리 트롤들이 보였다.

현석은 인하 길드원들을 이끌고 공터의 중앙 부근이라 짐작되는 곳을 향해 걸어갔다. 그를 따라 아까의 길드의 길드원들도 따라 걸었다. 친한 척을 하면서 이런저런 말을 거는데 그들이 속한 길드의 이름은 평창이라고 했다.

첫 번째 룸에서 나타난 몬스터는 오크였다.

'난도가 뒤로 갈수록 상승하는 던전인가 보네.'

오크는 이지 모드에서 등장했던 몬스터다.

노멀 모드 던전에서 이지 모드의 몬스터가 나온다는 건, 둘 중에 하나다. 오크가 비정상적으로 강한 오크이든가, 아니면 뒤로 갈수록 난이도가 높아지는 던전이든가. 그러나 오크는 딱히 강해 보이진 않았다. 저만치 구석에 보이는 오크는 세 마리가 뭉쳐 있었는데, 이쪽을 발견하자마자 빠른 속도로 달려오기 시작했다.

던전 내 몬스터들이 난폭해진다더니 그 말이 사실인 듯, 달려오는 모양새가 마치 성난 황소 같았다.

크오옥!

오크는 한 마디 괴성을 내질렀다. 하지만 현석을 그대로 지나쳤다. 현석을 공격의 대상이라고 생각조차 하지 않는 듯했다. 뒤쪽의, 평창 길드원들을 공격하기 시작했다. 난폭해지기는 했으되 적당히 난폭해진 모양이다.

"이, 이놈들이 어째서!"

평창 길드원들은 처음에 당황하기는 했으나 점차 오크를 상대하기 시작했다. 그러나 오크의 숫자가 무려 셋이나 됐다. 상위 급 슬레이어라 할지라도 오크를 세 마리 동시에 슬레잉하는 건 쉬운 일은 아니다.

오크를 그렇게 쉽게 상대하는 건 현석이나 종원 정도가 거의 유일하다고 보면 됐다. 힘 스탯 100을 기점으로 그 이상이 되면 오크를 쉽게 잡을 수 있었다.

하지만 현석은 도와주지 않았다.

"우린 다음 룸으로 가자."

"오, 오빠?"

민서가 현석을 올려다봤다. 오크가 인하 길드를 지나쳐 평창 길드만을 공격하고 있는 신기한 상황은 둘째 치고서.

'오, 오빠 화났다.'

현석이 화를 내고 있었다. 현석은 어지간한 일로는 화를 내지 않지만 가끔 화를 내면 말리기가 힘들다. 가장 무서운 건 종원이 생각했던 것처럼 화가 난 티가 별로 나지 않는다는 것.

정말로 친한 사람에게야 드러내 놓고 분노를 하지만서도, 생판 남에게는 티를 별로 안 낸다.

그런데 이쪽에서 싸우는 소리를 들었는지 사방에서 오크들이 몰려들기 시작했다.

동서남북 네 방향에서 각각 3마리씩 도합 12마리가 콧김을 내뿜으며 힘껏 달려오고 있었다. 난폭해졌다는 건 이런 걸 의미하는 듯했다. 공격 성향이 훨씬 짙어졌다. 오크가 달려오고 있는 것을 발견했는지 평창 길드 전원은 당황하며 현석을 붙잡았다.

"저, 저기 잠깐만요!"

현석은 들은 체도 않고 걸었다.

"제발! 여기 좀 도와줘요!"

저들도 아주 약한 길드는 아니다. 적어도 중간 급은 될 거다. 하지만 오크 15마리를 한꺼번에 상대하기는 불가능할 것이다. 민서가 현석의 소매를 잡았다.

"오빠, 저 사람들 안 도와줘?"

저대로 두면 평창 길드원들은 모두 죽을 것이다. 물론 이지 모드의 몬스터인 만큼 공격력이 엄청나게 강하다거나 하지는 않아서 한 방에 즉사하거나 하지는 않을 테지만 시간이 흐른다면 저들은 죽을 것이 확실했다.

현석은 들은 체도 않고 터벅터벅 걸어갔다.

저만치 뒤쪽에서 비명 비슷한 절규가 터져 나왔다. 제발 살려달라고, 정말 잘못했다고, 다시는 이런 암체 같은 짓은 벌이지 않겠다며 고래고래 소리 질렀다.

죽음의 공포를 마주한 그들 대부분이 눈물 콧물을 질질 짜면서 멀어지는 현석에게 애원했다.

그리고 H/P가 50퍼센트 이하로 떨어졌을 때 그들은 절규하기 시작했다. 살려달라고 말이다. 시키는 건 뭐든 다 하겠단다.

H/P가 30퍼센트 이하로 떨어졌다.

PvP의 경우 안전을 고려하여 30퍼센트 이하에서는 결투를 멈춘다. 30퍼센트 이하면 정말로 목숨에 위협을 느끼는 위험한 상황이라는 뜻이다.

하지만 그들은 오크들에게 둘러싸여 도망도 못 치는 상황. 급기야는 모든 보상을 다 포기하겠으며 시키는 건 뭐든지 다 할 테니 목숨만 살려달라고 소리치며 울부짖었다. 그제야 현석이 몸을 돌렸다.

"민서야, 너 예전에 너희 선생님이랑 같이 만든 계약서 있지?"

"으, 응."

"그거 조금 이따가 확실히 동의받을 거야."

"응."

어차피 던전의 형태를 보아하니 앞으로도 룸이 몇 개는 더 있을 거다. 저들은 좋든 싫든 인하에게 모든 보상을 양도해야 할 거다. 파티 시스템이 적용된 이상 업적보상도 나눠 갖지 않을 테고.

종원이 휘유~ 휘파람을 불었다. 안도의 한숨이었다.

겁에 질려 절망 가운데 빠진, 울부짖으며 살려달라고 애원하는 평창 길드원들 앞에 유현석이 모습을 드러냈다.

CHAPTER 12

공식적인 힘 스탯 1위인 하종원. 세간에 알려지기로 그의 힘 스탯은 98이다.

일부러 축소 발표했다.그의 현재 힘 스탯은 114다. 예전 현석이 이지 모드로 강제 전향되었을 때의 스탯이 100이라는 걸 감안하면 장족의 발전이라고 할 수 있었다.

99포인트와 100포인트의 격차는 어마어마했다. 현석의 예상이 맞았다. 99에서 100을 돌파하는 순간, H/P를 제외하고서 힘과 관련한 모든 능력치가 2배로 껑충 뛰었다. 정확히 2배라고 하기에는 힘들었다.

힘 스탯이 과도하게 높아지자 부작용이 발생했다. 한 방 대미지는 분명 엄청나게 강해졌는데 몸이 말을 듣질 않는다. 더 정확히 말해 공격 속도가 굉장히 느려졌다. 마음속으로 내뻗는 펀치의 속도와 실제 몸이 움직이는 속도가 다르다면 당사자는 얼마나 갑갑할까. 마치 아주 무거운 쇳덩이를 팔에 얹어놓고 펀치를 뻗는 느낌에 가까웠다.

힘 스탯에 비해 다른 스탯이 지나치게 낮아서 발생한 페널티이자 부작용이란다. 또한 밸런스가 맞지 않기 때문에 100퍼센트의 위력이 제대로 나오질 않는단다. 현석도 그건 처음 알았다.

어쨌든 현재 하종원은 힘 스탯이 114에 이르렀고 이는 대단한 거긴 하지만—오크와 트윈헤드 오크 정도는 한 방에 골로 보내는—현석보다는 훨씬 약하다.

현재 현석은 300 스탯이 넘는다. 하종원이 오크를 한 방에 죽이려면 현석과 비교했을 때 상당히 오래 걸린다. 공격 속도 자체가 눈에 띄게 느려졌으니까. 그러나 현석은 다르다.

힘 스탯 100으로도 원샷 원킬이 가능한 오크 정도는 풀스윙도 필요 없이 그냥 툭 건들면 툭 쓰러진다. 원샷 원킬이라는 말은 현석의 능력에 한참 부족한 말이다. 그냥 숨 쉬면 죽는다고 하면 어울릴 정도니까.

현석이 숨을 쉬자 오크가 죽었다. 적어도 평창 길드의 길드원들이 보기엔 그랬다. 평창 길드의 길드원들은 현석을 보며 구원반았다는 느낌과 더불어 허망한 감정까지 느껴야만 했다.

'오크 15마리를 저런 식으로……'

과거 인터넷에 떠돌았던 괴담이 떠올랐다. 어떤 슬레이어가 있는데 오크를 툭 치니 툭 죽더라와 같은 카더라 통신이었는데 모두들 그 이야기를 비웃었다.

애초에 아예 말이 안 되는 일이다 보니 믿는 사람도 없었다. 그런데 그 괴담이 아무래도 사실인 것 같다. 너무나 비상식적인 일이 눈앞에서 펼쳐졌다.

'저, 저런 게 공격… 이라고?'

아무리 봐도 공격처럼 안 보인다. 공격 의사가 담긴 것 같긴 한데 공격이라 보기엔 너무나 재롱 같은 그 공격에 오크들이 픽픽 쓰러졌다.

평창 길드의 길드장 강희재는 침을 꿀꺽 삼켰다. 인터넷상의 카더라 통신 혹은 도시 괴담이 아닌, 실제 매스컴을 통해 보도된 엄청난 능력의 소유자가 한 명 있었다.

슬레잉이 불가능한, 노멀 모드의 규격을 뛰어넘은 몬스터 싸이클롭스를 단신으로 해치운 슬레이어.

그 슬레이어가 떠올랐다.

'서, 설마… 프, 플래티넘 슬레이어?'

강희재를 비롯한 평창 길드의 길드원들은 마치 전쟁에서 패하고 터덜터덜 걷는 패잔병 같은 모습으로 현석의 뒤를 따랐다.

살았다는 안도감과 함께 플래티넘 슬레이어에게 밉보였다는 사실에 기가 죽어버렸다.

이후 그들은 기겁을 해야만 했다.

'트, 트롤마저도… 한 방에?'

현재 싸이클롭스와 트윈헤드 트롤을 제외하고 가장 강한 몬스터로 분류되고 있는 트롤을 단 한 방에 시체로 만들어 버렸다.

플래티넘 슬레이어가 대단하다는 건 알고 있었지만 머리로 아는 것과 그걸 실제로 보는 것은 완전히 다른 문제였다.

'트, 트윈헤드 트롤은 한 방에 처리하지 못할 거야.'

'그, 그래……. 그래도 트윈헤드 트롤인데.'

그들은 설마설마하며 '트윈헤드 트롤씩이나 되는 몬스터를 한 방에 처리하겠어?'라는 생각을 하고 있었다.

그러나 그들의 생각을 비웃기라도 하듯 트윈헤드 트롤은 현석의 주먹질 한 방에 유명을 달리했다.

느리지만 '강력한 한 방의 하종원과 현존하는 교란형 슬레이어 중 최상급에 위치한 홍세영조차도 현석 옆에 있으니 너무나 초라해졌다.

그리고 그 무시무시한 트롤과 트윈헤드 트롤의 무서움도 같이 초라해졌다.

[던전을 클리어했습니다.]

[쉬운 업적으로 인정됩니다.]

[보너스 스탯 +3이 지급됩니다.]

[공헌도: 유현석 외 4명 파티 99퍼센트. 공헌도에 따라 경험치가 차등 분배됩니다.]

[공헌도 20퍼센트 이하는 스탯 지급이 되지 않습니다.]

[파티 시스템의 적용으로 경험치가 20퍼센트 추가 지급됩니다.]

그리고 현석에게는,

[노멀 모드의 규격을 초과한 스탯으로 인해 레벨 시스템과 경험치 시스템에 제한을 받습니다.]

[노멀 모드의 규격을 초과한 스탯으로 인한 페널티로 50퍼센트 차감되어 지급됩니다.]

라는 추가 알림음이 들려왔다.

파티 시스템의 활성화 때문인지 평창 길드에는 아무런 보상도 주어지지 않았다. 노멀 모드의 던전에 있어서는 파티 시스템이 적용되었고 파티의 공헌도에 따라 경험치와 업적보상 등을 차등분배하는 형식인 것 같았다.

이 파티 시스템이 던전 내에서만 통용되는 건지 아니면 던전

밖에서도 통용되는 건지는, 나가봐야 알 수 있을 것 같았다.

＊　　　　　＊　　　　　＊

이명훈은 만족했다.

현석과 함께하면 업적보상을 많이 얻을 수 있다. 업적보상의 가장 큰 메리트는 바로 보너스 스탯이다. 업적은 그만큼 이루기 힘드니까 업적이라고 인정되는 것이다. 당연히 그에 따른 보상도 달콤했다.

명훈에게 있어서 보너스 스탯은 엄청나게 달콤한 보상이라고 할 수 있었다.

현재 그가 가진 클래스는 바로 '히든 트랩퍼' 였다. 이지 모드에서는 전투 슬레이어였는데, 노멀 모드에서 새로이 클래스가 생기면서 히든 트랩퍼가 생겼다.

능력치에 따라 클래스가 갈리는 것인 줄 알았는데 무조건적으로 그런 것 같지는 않았다.

그런데 트랩퍼를 가진 것은 명훈뿐만이 아니었다.

다른 슬레이어들에게도 '트랩퍼' 클래스가 점점 생겨나기 시작했다. 그리고 노멀 모드에 접어들면서 '트랩퍼'의 몸값은 점점 더 높아지고 있는 추세다.

던전은 대도시 같은 곳보다는 대부분 깊은 산속에 생겨나는 경우가 많다.

특히 인적이 없는 곳에 많이 생긴다. 몬스터도 마찬가지다. 예전 구월동에 나타났던 트롤이나 원주에 나타났던 싸이클롭스처럼, 손가락으로 셀 수 있을 정도로 희박한 경우를 제외하면 대부분 인적이 드문 장소에 나타난다.

그리고 아직까지 노멀 모드의 던전은, 사실상 그렇게 극악한 난이도를 자랑하지는 않았다.

상위 급 슬레이어들 20여 명이 팀을 이루어서, 충분히 조심해서 잘 싸우면 클리어가 가능할 정도였고 현재도 전국적으로, 하루 2~3개의 던전이 클리어되고 있는 중이다.

이지 모드와 비교했을 때 그다지 어려워진 점이 없었다. 달라진 점이라고 해봐야 트롤과 트윈헤드 트롤이 출몰한다는 것 정도가 다였다.

명훈은 다리를 꼬고 앉은 채 검지 손톱을 물어뜯었다.

'하지만 겨우 그 정도의 던전이 노멀 모드의 끝일 리는 없지.'

아직까지 노멀 모드의 난이도라기보다는, 이지 모드의 난이도에 가까웠다. 트롤이나 트윈헤드 트롤이 나타나기는 하지만 원래의 몬스터보다는 약한 몬스터들이 주를 이루었다.

'어려운 던전이 없는 게 아니라 우리가 못 찾고 있는 거야.'

힐도 많이 올리다 보면 상위 급 스킬이 생긴다. 현재 명훈이 가진 탐색스킬도 더욱더 스킬을 높이다 보면 더 높은 상위 등급의 탐색스킬이 생길 것이다.

현재 명훈은 이 쉬운 던전들이 현재 트랩퍼들의 능력으로 찾아낼 수 있는, 한계선상에 있는 던전이라고 생각하는 중이다.

현석과 함께 다니면서 벌써 업적을 4개나 이뤘다. 같은 트롤을 잡아도 얼마나 빠르게, 또 얼마나 많이 잡느냐, 그리고 몇 명이서 잡느냐에 따라 업적 시스템이 활성화되기도 했다.

보통 트윈헤드 트롤과 같은 보스 몬스터의 경우는 파티를 맺은 상태에서 현석이 혼자 슬레잉했다. 그러면 경험치나 업적보상은 함께 들어오는데 슬레잉에 있어서 직접 타격은 한 명으로인정되어 업적이 인정됐다.

다시 말해, 현석을 제외한 다른 파티원들의 공헌도가 20퍼센트 이하임에도 불구하고 보너스 스탯은 받되, 업적에 있어서의단독 슬레잉까지 인정된다는 것이다. 일종의 버그라고 볼 수 있었다.

명훈은 이걸 '파티 시스템 버그'라고 표현했는데 아직까지 인하 길드 외에 이런 방식의 슬레잉이 가능한 길드가 없다 보니이 '버그'는 세간에 알려지지 않았다.

'파티 시스템 버그는……. 인하 길드에만 통용되는 거겠지.좋았어.'

보통 트윈헤드 트롤을 한 방에 슬레잉하면서 던전을 클리어하면, 쉬운 업적보상으로 +3 스탯이 주어졌다. 그리고 명훈은 '탐색'스킬에 스탯들을 투자했고 결국 상위 급 탐색스킬인 '상급 탐색'스킬을 얻어낼 수 있었다.

그리고 던전을 찾겠다며 지방으로 훌쩍 떠났다. 그리고 현석에게 다시 연락을 한 건 5일 뒤였다.

그런데 명훈에게 연락을 받기 전, 현석에게 알림음이 들려왔다.

[노멀 던전 디텍팅에 성공했습니다.]
[최초의 노멀 던전 디텍팅에 성공한 업적이 인정됩니다.]
[어려운 업적으로 인정됩니다.]
[보너스스탯 +100이 주어집니다.]

던전 내에서 파티를 맺은 뒤 신경도 쓰고 있지 않았었다. 온라인 게임처럼 파티창이 활성화되는 것도 아니었고. 그런데 던전 내에서 맺은 파티가 던전 밖에서도 적용되는 듯했고 그렇기 때문에 명훈의 업적이 파티원 전체의 업적으로 인정된 것 같았다. 새로이 알게 된 사실이었다.

[노멀 모드 규격을 초과한 스탯으로 인한 페널티로 50퍼센트 차감되어 지급됩니다.]

알림음이 전부 끝나기도 전에 명훈으로부터 전화가 왔다.

─길장아, 이번엔 진짜로 내가 탐색 써서 발견했다.

＊　　　　＊　　　　＊

"와, 힘들어 죽는 줄 알았다."

부터 시작하여 온갖 죽는소리를 다 하는데, 어려운 업적을 혼자서 일궈냈고 덕분에 보너스 스탯과 업적 포인트를 쌓은지라 종원은 그냥 듣다가도 이내 버럭 소리를 지르고 말았다.

"알았어, 이 피노키오 새끼야! 너 힘들고 고생한 거 알겠으니까 좀 닥쳐!"

"쳇!"

현석은 피식 웃고 말았다. 현석은 아직 명훈과 그렇게까지 친한 상태는 아니어서 그냥 그런가 보다 하고 잠자코 듣고 있었는데 종원은 아니었나 보다.

종원의 말을 빌리자면 명훈의 별명은 피노키오. 누가 봐도 힘들지 않은 상태고, 명훈 스스로도 힘들지 않은데 '힘들어 죽겠다!' 와 같은 엄살을 입에 달고 살아서 피노키오라는 별명이 붙었단다.

다른 거짓말을 한다기보다는 엄살에 관한 거짓말을 많이 해서 그렇다나.

신기한 건 힘들어 죽겠다, 더 이상은 못 움직이겠다, 죽는 소리를 아무리 해대도 일단 일이 생기면 척척 해낸다는 거다.

그래서 그 앓는 소리가 엄살이 확실하다는 것을 꼭 증명하고야 마는 녀석이란다.

여태까지의 던전은 스스로 모습을 드러냈다. 이지 모드에서도 그랬고 노멀 모드에서도 그랬다. 저번에 명훈이 찾아낸 던전—평창 길드와 싸움이 붙었던—도 후에 자초지종을 들어보니 탐색스킬로 찾아냈다기보다는 스스로 모습을 드러낸 던전을 찾은 것이었단다.

그러니까 명훈은 저번에는 자신이 탐색스킬로 찾아낸 던전이라고 과장하여 선전했던 것이라 할 수 있었다. 평창 길드 길드원들이 못 들어가게 막기 위해서, 소유권을 주장하기 위해서 일부러 그랬단다.

그런데 이번 던전은 아니다. 실제로 명훈이 가진 스킬을 통해 실제로 '탐색' 해 찾은 던전이다. 그리고 그렇게 찾아낸 것이 우연이 아니라는 것을 증명하듯 업적으로 인정됐다. 최초의 노멀 던전이라는 알림도 들려왔고 말이다.

현석은 고민했다.

'같이 들어가야 하나, 말아야 하나.'

연락을 받고 오기는 했으나 들어가야 할지 말지를 결정하지 못하겠다. 이런 식으로 발견한 첫 던전이고, 안에 뭐가 있을지 모르기 때문에 고민되는 것이었다.

물론 노멀 모드의 규격을 훨씬 초과한 현석이니 그 자신은 괜찮을지 몰라도 다른 이들에게는 어떨지 모를 노릇이었다.

예전과는 확실히 달라졌다. 예전 같았으면 들어가야 할지, 말아야 할지 고민 자체를 안 했을 거다. 정보가 아예 없는 상태니까, 당연히 들어가지 않았을 거다. 그런데 이젠 그냥 고민하는 것이 아니라 들어가는 쪽에 무게를 두고 고민하고 있었다.

현석이 말했다.

"이번엔 나 혼자 들어갔다 올게. 정보 탐색 겸."

현석의 뜻을 파악한 종원이 인상을 찡그렸다.

"뭐냐? 너답지 않게. 아예 안 들어간다면 안 들어가는 거지 또 너 혼자는 뭔 소리야?"

"이런 식으로 탐색된 던전을 찾은 건 우리가 처음이고 안에 뭐가 어떻게 되어 있는지 몰라. 그러니까 나 혼자 들어가서 정보를 얻는 게 나아."

이건 게임 속 던전이 아니다. 여기서의 죽음은 진짜 죽음이다.

아무리 힘이 있고 능력이 있어도 안전에 안전을 기하는 게 맞다. 무슨 일이든, 안전에 관한 한 쪼잔해 보일 만큼 집착해도 괜찮은 법이다.

백지장도 맞들면 낫다는 말이 있다. 그러나 무조건 맞는 말은 아니었다.

"싸이클롭스를 잡으면서 느낀 건데……. 백지장은 맞들면 불편해. 격 차이가 많이 날 때면, 그냥 혼자가 훨씬 나아."

과도한 자신감은 안 부리는 것이 부리는 것보다 훨씬 낫다. 그러나 이건 경우가 다르다.

'아마도 이게 진짜 노멀 모드의 던전이야.'

어쩐지 노멀 모드 규격의 던전이 너무 쉽다 했다. 이지 모드의 규격을 초과하는 스탯을 가졌을 때에 이지 모드의 던전을 아주 쉽게 클리어했다.

이번엔 노멀 모드의 던전이고 현석은 노멀 모드의 규격을 초과하는 스탯을 가지고 있었다.

'그런데 이 던전은… 이명훈이 발견했어.'

이명훈 역시 최상급 슬레이어이기는 하지만 그래도 역시 노멀 모드의 규격을 벗어나는 슬레이어는 아니었다. 그런 슬레이어가 발견할 수 있었다는 건 역시 노멀 모드의 수준에 맞는 던전이라는 소리다. 현석에게 예전과는 확실히 달라진 알림음이 들려왔다.

저번에 던전에 입성할 때에는,

'노멀 모드 내, 최초로 던전에 입성합니다'라는 알림음이었다. 그러나 이번에는 조금 다른 단어가 붙었다.

[노멀 던전에 입성하시겠습니까? Y/N]

던전이 아닌 '노멀 던전'이었다. 진정한 의미의 노멀 모드 던전이란 생각이 들었다. 현석은 Y를 선택했다.

CHAPTER 13

노멀 던전. 탐색스킬을 사용하여 찾아낸 던전이다.

'앞으로 탐색스킬을 가진 슬레이어들의 가치가 또 뛰겠어.'

노멀 모드에 접어들자 클래스가 점점 세분화되고 새로운 스킬들도 생겨나고 있는 추세다. 아직까지는 그래 봐야 전투, 회복, 보조의 3가지의 범주 내에서 크게 벗어나지는 않는다만 더 상위의 모드로 올라가면 더욱 세분화될 수도 있다는 생각이 들었다.

[노멀 던전에 입성합니다.]

[노멀 모드의 규격을 초과한 스탯으로 인해 페널티가 적용됩니다.]

[던전 내 난도가 상승합니다.]

[몬스터가 난폭해집니다.]

[회복구간 및 안전구간이 철회됩니다.]

페널티를 알리는 알림음이 들려왔다. 현석에겐 이것보다 반가운 알림음이 없다. 난이도를 상승시킨다고 상승은 시키는데 사실상 거의 요식행위가 아닐까 싶을 정도의 난도 상승만 있다. 사실 따지고 보면 현석에게는 페널티라고 볼 수 없고 현석과 동행한 다른 슬레이어들에게나 페널티라고 할 수 있겠다. 어차피 현석에게 회복구간과 안전구간은 별 의미가 없고 노멀 모드 규격에 맞는 몬스터들이 난폭해져 봐야 현석에겐 그리 위협이 되지 않았다.

"일단 이지 모드와 형태는 비슷한데……."

저번에 입성했던 던전은 아무래도 이지 모드의 던전인 것 같다. 현재 많은 슬레이어들이 노멀 모드로 전환되고는 있지만 이지 모드 슬레이어가 없는 건 아니다. 슬레이어는 계속해서 조금씩 늘어나고 있는 추세고 이지 모드의 슬레이어도 아직 상당수―사실상 아주 많이―존재한다.

'아마 노멀 모드와 이지 모드에 해당하는 던전이 공존하고 있

는 거겠지.'

이 현상이 언제까지 이어질지는 모른다. 언젠가는 이지 모드
에 해당하는 던전이 사라질 수도 있는 일이다.

구불구불한 동굴의 형태. 벽면을 비추는 횃불이라고 하기에
는 조금 애매한, 열기 없이 빛만 발산하고 있는 횃불들. 그리고
괜스레 으스스한 기분. 이지 모드의 던전과 비슷했다.

'가볼까.'

천천히 걸음을 옮기는데, 날카로운 파공성이 귀를 울렸다.

피슉!

현석이 재빨리 몸을 숙였다. 그것도 모자라서 플래티넘 슬레
이어에 어울리지 않는 우스꽝스런 모양새로 몸을 던졌다. 바닥
에는 흙탕물이 고여 있었는데 그 위에 철푸덕 엎어졌다.

현석은 몸을 털어내면서 일어섰다. 전투 필드를 펼치고 있으
면 H/P 감소 외에 다른 물리적 효과는 무시된다. 흙탕물에 젖
지도 않았다.

당연한 말이지만 H/P 감소는 0.

"뭐야? 깜짝 놀랐네."

현석이 지나온 통로를, 세 개의 기다란 창이 가로로 관통했
다. 세 개의 창은 원래 자리로 수거되듯 천천히 벽면으로 사라
지고 있는 중이었다. 잘못했으면 꼬치가 될 뻔했던 현석은 휴—
한숨을 내쉬었다.

물론 실제로 꼬치가 될 일이야 없을 테고 현석의 H/P에 흠집이나 나겠냐마는 H/P가 감소하는 것과 놀라는 건 또 다른 문제다. 하다못해 조금 커다란 나방이 얼굴로 돌진해도 기겁하는게 사람이다. 나방이 무시무시한 공격력을 가진 것도 아닌데 말이다.

그런데 날이 번뜩이는 창 3개가 통로를 관통하여 날아들면 H/P 감소와는 별개로 좀 무섭다.

'트랩이 추가된 거구나.'

추측은 별로 어렵지 않았다. 이지 모드 때와는 달리 트랩. 그러니까 함정이 추가됐다. 저 함정의 대미지가 얼마 정도 되는지 모르겠지만,

'모르면… 시험해 보면 되지.'

모르면 알아보면 된다.

'아씨……. 그래도 무섭긴 무섭네.'

아무리 해가 되지 않는다는 걸 알고는 있어도 그게 머리로 아는 것과 실제로 경험하는 것은 엄연히 다른 문제다.

놀이공원에서 무서운 놀이기구가 해가 되지 않는다는 걸 알고 있는데 많은 사람들이 무서워한다. 이건 심지어 놀이기구가 아니라 살상 무기로 시험하는 건데 긴장이 안 될 수가 없었다.

'그래도 내 새끼들 들어왔다가 괜히 얻어맞을 수도 있으니까……. 정확한 위력을 파악해 놓는 것이 좋겠어.'

사실상 노멀 모드의 규격을 초과한 스탯을 가진 현석이 아니면 시도를 안 하는 게 낫다. 괜히 시도했다가 죽을 수도 있는 일이다. 일단 현석은 손끝만 살짝 갖다 대기로 했다.

　세 개의 창으로 이루어진 트랩은 일정한 시간 간격으로 계속해서 나타나는 것인 듯했다. 손끝만 살짝 대보니 대미지는 −0. 그래서 좀 더 과감하게 팔을 갖다대니 역시 대미지는 −0. 그래서 조금 더 과감하게 몸통을 갖다 댔더니 역시 대미지는 −0. 그래서 더욱더 과감하게 심장 부근을 찔러봤는데 크리티컬 히트가 떴다.

　[급소를 가격당했습니다.]

　[크리티컬 대미지를 입었습니다. 대미지 −0]

　크리티컬 히트가 떴는데 역시 대미지는 0. 좋은 거라면 좋은 건데,

　'이래서야 위력이 어느 정도인지 가늠할 수가 없네. 종원이 시켜봐야겠다.'

　종원이 들으면 놀라 까무러칠 생각을 아무렇지도 않게 하면서 현석은 걸음을 옮겼다.

　'역시 이번에도 룸 형식인가.'

　첫번째 룸이 보였다. 편의상 룸이라고 표현은 했지만 거대한

공터 느낌이다. 현석에게는 매우 귀찮고 번거로웠지만 이지 모드의 던전에서는 몬스터들이 각기 따로따로 위치해 있어서 조심스레 잘만 사냥하면 각개격파가 가능했다.

'첫 번째에는 트롤 정도가 있으… 헉!'

현석은 눈을 비벼야만 했다.

'싸이… 클롭스라고?'

트롤 정도가 있을 거라고 생각했는데 아니었다. 저건 분명 싸이클롭스였다. 그러나 처음 봤던 싸이클롭스와는 약간 느낌이 달랐다. 크기와 덩치도 조금 작았고 어슬렁거리며 돌아다니는 모양새도 어딘지 모르게 위압감이 덜했다.

어차피 싸이클롭스라고 해봐야 현석 혼자서 슬레잉하면 충분히 감당이 가능한 개체다.

'이 던전은 분명 내게 페널티를 줬어. 이 던전은 노멀 모드를 초과하는 던전이 아니야. 그렇다는 말은 저 개체 역시 예전에 내가 봤던 싸이클롭스와는 다르다는 뜻이겠지.'

현석은 상황 판단을 끝냈다. 그래도 예전 싸이클롭스에게 당할 뻔한 기억이 있던 현석은 오크를 상대할 때와는 매우 다르게, 훨씬 더 진중한 태도로 싸이클롭스에게 다가갔다.

싸이클롭스가 현석을 발견하고 허리를 숙이고 두 다리로 쿵쾅대며 달려왔다.

'속도가 확실히 느려!'

현석이 주먹을 들어 올렸다. 달려오는 싸이클롭스를 향해 온 힘을 다해 주먹을 내뻗었다가 고꾸라질 뻔했다. 현석의 한 방 공격에 싸이클롭스는 시체가 되어 사라져 버렸고 펀치력이 남아 있던 현석은 가까스로 중심을 유지한 채 넘어지지 않을 수 있었다. 예전 처음 등장했던 싸이클롭스와는 달리 너무나 허무한 죽음이었다.

'역시, 훨씬 약한 개체야. 아니, 어쩌면 그때 나타났던 싸이클롭스가 비정상인 거라고 볼 수 있겠지.'

아직까지도 버그 몬스터라고 불리는 싸이클롭스다. 그러나 방금 상대한 싸이클롭스 정도라면,

'내가 아니어도 충분히 팀만 잘 짜서 도전하면 슬레잉이 가능할거야.'

아마도 슬레잉이 가능할 거다. 어째서 '아마도' 라는 단서가 붙는가 하면 지금 현석의 능력으로는 이 싸이클롭스의 정확한 능력을 파악하기가 힘들기 때문이다. 한 방에 죽어버리니 H/P 나 공격력, 방어력 등을 체크하기도 힘들었다.

현석은 같은 방식으로 6번째 룸까지 왔다. 보통은 6~7개의 룸을 깨면 던전 클리어가 완료된다.

현석은 여기까지 오면서 이런저런 실험을 많이 해봤다. 싸이클롭스가 지쳐 쓰러질 때까지 일부러 얻어맞아 보기도 했고 구석구석 몸을 돌려가며 크리티컬 히트도 유도해 봤는데 그래 봤

자 대미지는 ―0이었다.

'내가 사기는 진짜 사기구나.'

던전은 총 8개의 룸으로 이루어져 있었다. 빨리 클리어하려면 할 수도 있었지만 이것저것 알아보고 하느라고 2시간을 넘게 보냈다.

'여기가 마지막인 것 같은데……'

마지막 룸은 7번째 룸과 그다지 차이가 없었다. 던전 클리어는 그리 어렵지 않았다.

[던전을 클리어했습니다.]

[3시간 이내 노멀 던전을 클리어했습니다.]

[힘든 업적으로 인정됩니다.]

[보너스 스탯 +10이 주어집니다.]

[노멀 모드 규격을 초과한 스탯으로 인한 페널티로 50퍼센트 차감되어 지급됩니다.]

현석이 주먹을 불끈 쥐었다.

'됐다!'

아마도 이 노멀 던전이라는 건, 트랩퍼들이 활약하면 찾을 수 있을 거다. 그리고 3시간 이내에 클리어하면 힘든 업적으로 인정이 된다. 조건도 알아냈다. 큰 수확이다.

게다가 힘든 업적은 일반 슬레이어에게는 불가능이나 다름없다. 아니, 불가능하다. 그리고 일반 슬레이어들에게는 불가능하지만 현석에게는 가능했다.

'좋았어.'

게다가 던전의 보상 역시 무시할 수준이 아니었다. 레벨 시스템이야 어차피 제한받고 있어서 알 수가 없지만 던전 보상으로 옐로스톤 100개가 지급됐다. 옐로스톤 역시 여태껏 등장하지 않았던 종류의 스톤이다.

'이건 성형이 형님과 의논을 해야겠고.'

어쨌든 던전의 클리어는 수월하게 끝났고 어느 정도 파악도 됐다. 한국 유니온은 공식적인 발표를 통해 노멀 모드에는 숨겨진 던전이 있으며 일부 슬레이어들이 그 던전을 발견할 수 있다고 발표했다. 그리고 노멀 모드 던전에 관한 조사 내용을 밝혔으며 그 조사자는 다름 아닌 한국 유니온 소속 플래티넘 슬레이어라고 밝혔다. 한국 유니온과 플래티넘 슬레이어의 위상이, 한국뿐만 아니라 전 세계적으로도 높아졌다.

〈노멀 모드 던전 솔로 클리어. 플래티넘 슬레이어의 위엄.〉
〈위험해진 난이도. 파티 시스템 도입. 각종 함정이 나타날 것이라 짐작!〉
〈한국 유니온장 박성형. "한국에, 그리고 한국 유니온에

그가 있어 자랑스럽다.">

〈이번에는 옐로스톤! 과연 정확한 가치는 어느 정도인가!〉

그러던 와중, 현석은 미처 발견하지 못했던 새로운 사실이 또
하나 밝혀졌다.

〈변화된 노멀 모드. 던전의 또 다른 변화!〉

〈플래티넘 슬레이어가 미처 알아내지 못한 또 하나의 사
실!〉

〈슬레이어계의 커다란 폭풍을 이끌어낼 시스템의 변화! 이
것은 과연 호재인가!〉

＊　　　　＊　　　　＊

슬레잉 시 나온 아이템이나 몬스터스톤의 지분은 여태껏
1/N로 나누는 것이 관행이었다.

물론 슬레잉에 있어서 가장 많은 역할을 수행하는 것은 다
름 아닌 전투 슬레이어였지만 전투 슬레이어는 그 수가 회복 슬
레이어나 보조 슬레이어보다 훨씬 많기 때문에 상대적으로 그
몸값이 쌌다. 그렇다 보니 공헌도 면에 있어서는 전투 슬레이어
가 높지만 몸값이 싸다 보니 1/N 의 관행이 암묵적으로 이어져

왔던 거다.

그런데 이번 던전 클리어로 인하여 노멀 모드에서 변화가 일어난 셈이다. 일반 필드 몬스터에는 해당 사항이 없지만 던전 클리어 시에 적용되는 새로운 룰. 던전을 클리어했을 때에 시스템에서 자체적으로 기여도를 판단하여 보상을 차등 지급한다.

물론 대부분 던전의 경우 '쉬운 업적'이고 쉬운 업적은 +3의 보너스 스탯과 몬스터스톤 100여 개를 주게 되는데 클리어 기여도에 따라 +1 혹은 +2 혹은 +3 그도 아니면 아예 주지 않는 경우까지 생겨나게 됐다. 몬스터스톤도 각자의 인벤토리에 분배되어 들어오게 됐단다. 물론 예외는 있다.

앞서 인하 길드가 경험했던, 명훈이 '파티 시스템 버그'라고 부르는 상황 말이다. 파티 시스템이 적용될 때에는 파티원 전부가 보너스 스탯을 받는다.

서울 시내의 한 커피숍.

"파티 시스템 버그 덕분에 파티원들은 모두 보너스 스탯을 얻을 수 있는 게 맞죠? 그렇죠?"

"흠……."

평화는 아주 약간 상기된 얼굴로 현석을 쳐다보며 말했다.

"제가 조금 알아봤는데요. 던전을 클리어하면 대부분 쉬운 업적을 받는대요. 약간의 차이는 있지만 옐로스톤 100개 정도가 보상으로 주어진대요. 그런데 있잖아요, 그게 말이에요, 오빠가 하면 단독 슬레잉까지 인정되니까… 그게 있잖아요."

무슨 말인지는 알겠다. 모든 말을 다 자르고 결론만 정리하자면 '현석 오빠. 오빠 짱이에요' 정도가 되겠다.

"근데 너 왜 그렇게 업됐어?"

"저요? 전혀 아닌데요 그런 거."

현석은 피식 웃었다. 저번에 싸이클롭스 슬레잉 때, 평화가 원주까지 달려왔고―헬기를 타고 이동한 현석보다는 당연히 느릴 수밖에 없었다―자신을 위해 펑펑 울던 그 모습을 보며 현석은 호감 비슷한 감정을 느꼈다.

여자를 무수히 많이 만나본 그였지만 이런 요상한 기분은 오랜만이었다.

현석이 피식 웃었다.

"거짓말하지 마. 너 지금 오빠랑 여기 앉아서 내 잘생긴 얼굴 보고 있으니까 기뻐서 업된 거 다 알아."

"무, 무슨 소리예요!"

"그도 아니면 내가 너무 자랑스러워서 업됐든가?"

"그런 거 절대 아니거든요!"

"진짜 아니야?"

"진짜 아니에요!"

"나 걸고? 솔직히 말해봐. 나 자랑스럽지?"

평화의 얼굴이 조금 붉어졌다. 저도 모르게 고개를 끄덕일 뻔했다가 황급히 고개를 저었다. '아니에요, 아니에요, 아니에요' 라고 연속 세 번을 말했는데 아니라고 말은 하지만 목덜미부터 귓볼까지 완전히 붉게 물들었다.

평화는 당황해서 어쩔 줄 몰라 했다. 한참을 쩔쩔매다가 화제를 돌렸다.

"오, 오빠……. 회, 회사는 정말로 그만두실 거예요?"

"응."

사실상 플래티넘 슬레이어가 한전을 다니고 있다면 사람들이 비웃을 일이다. 여태껏 사표를 던지지 않은 것만 해도 용했다.

그가 최근 벌어들인 돈만해도 일반 사람들은 꿈에도 못 꿀 금액이니까.

아직 팔지 않았지만 이지 모드에서 얻은 그린스톤만 무려 수백 개에 이른다.

"아참. 평화야, 너 아이템 구비는 잘 하고 있어?"

현석은 아이템이 필요 없다. 온몸이 무기이자 방패다. 여태까지 구입한 아이템이라곤 '바다를 받치다' 하나뿐이었다.

"그게……."

"그 얘기 있더라. 몬스터스톤으로 아이템을 강화할 수 있대."

"네. 그런 클래스의 사람이 있더라고요."

클래스가 세분화되면서 아이템을 강화시키는 클래스도 나타났단다. 물론 각광받는 클래스는 결코 아니었다. 왜냐하면 아이템을 강화시키려면 화이트스톤 이상의 몬스터스톤이 있어야만 하는데 몬스터스톤이 얻기 쉬운 아이템이던가.

그나마 화이트스톤의 경우는 사정이 낫다. 하지만 현재 강화 클래스 슬레이어의 수준으로는 그린스톤 정도는 있어야 제대로 된 업그레이드가 가능하단다.

아무리 슬레이어들의 수준이 높아졌다고는 해도 하루에 드랍되는 그린스톤은 겨우 100여 개다. 발전 외에도 의약, 공업 등 다양한 분야에서 수요가 끊이지 않고 있는 와중에 100개는 공급의 절대적 부족이라고 표현해도 모자랄 정도의 적은 양이다.

정부에 팔면 1억 3천만 원인데 요즘은 불법적인 루트도 제법 활성화되어 있어서 1억 5천만 원에 거래되는 경우도 비일비재하다.

하나에 1억 5천만 원씩 하는, 그것도 하루 100개가 채 안 나오는 아이템을 강화에 쓰는 슬레이어는 거의 없을뿐더러 자기 스스로를 '강화 슬레이어' 라고 주장하는 사람에게 아이템을 맡길 수도 없는 노릇이다. 막말로 '먹튀'(먹고 도망치는 행위)라도 당한다면 엄청난 손실이 아닌가.

실제로 자신이 강화 클래스의 슬레이어라고 주장하여 그린스톤 몇 개를 가지고 도망친 사례도 뉴스에 보도된 적이 있을 정도다. 그린스톤 하나가 1억 5천만 원에 달하다 보니 사기쳐서 몇 개만 가진다 하더라도 굉장한 수익(?)이 되니 말이다.

"뭐……. 그 클래스의 사람들이 모여서 가게를 하나 열었다는 것 같기는 해요. 그쪽은 아무래도 믿을 만해서인지 예약자도 엄청 많다고 하네요."

"하기야. 그런 식으로 돈을 버는 것도 괜찮네. 위험하지도 않고, 작업하다 보면 반복 숙달로 스킬 레벨도 오를 테고."

나름대로는 괜찮은 장사라고 생각했다. 의뢰비를 받아 작업하면서 스킬레벨도 올리니 일석이조가 아닌가.

현석은 나름대로 평온한 오후를, 약간의 호감과 함께 만끽했다. 나름대로 평온한 오후를 보내고 있었는데, 뉴스 속보가 전해졌다. 새로운 몬스터가 등장했다는 뉴스였다.

덩치가 결코 일반적이지 않은 약간 특이한 몬스터였다.

〈속보! 엄청난 크기의 몬스터 등장!〉

〈거북이 형상의 거대 몬스터의 출현!〉

〈경인고속도로 13중 추돌 사고! 사망자 7명! 부상 13명!〉

새로운 몬스터가 경인고속도로에 나타났단다. 크기가 굉장히 거대하다고 하는데 크기 5미터에 달하는 싸이클롭스를 등에 태우고 다녀도 될 정도로 엄청난 크기라고 했다.

충격 수치나 힘이 그 덩치에 비례하는 경향을 가진다는 것을 감안하면 어쩌면 싸이클롭스보다도 강할 수도 있었다. 그리고 놀라운 소식이 또 전해졌다.

　—전국의 상위 급 슬레이어들. 경인고속도로로 몰려, '지나치게 위험하지 않을까'라는 우려가 높아지고 있는 가운데…….

어찌된 이유인지 슬레이어들이 계속해서 몰려들고 있단다. 그 거대 몬스터에게 말이다.

〈수백 명의 슬레이어들. 슬레잉 도전. 사망자 및 부상자 전무! 슬레잉의 청신호인가!〉
〈거대 몬스터. 과연 슬레잉에 성공할 수 있을 것인가!〉

몇 시간이 흘렀다. 또 다른 소식들이 전해졌다. 그러나 앞서와는 달리, 이번에는 달갑지 않은 소식이었다.

　　　　＊　　　　　　＊　　　　　　＊

아무리 공격해도 소용이 없단다. 수백 명 이상의 슬레이어들이 공격을 퍼붓는데도 H/P가 떨어질 기미를 안 보인단다. 경인고속도로는 극심한 교통난에 시달렸다.

—새로이 나타난 거북이 형태의 몬스터는 인천에서 서울 방면으로 계속해서 움직이고 있으며, 이동 속도는 시속 약 5m 정도로 엄청나게 느린 속도로 파악되었습니다. 전국 각지에서 몰려든 슬레이어들이 슬레잉을 시도하고는 있으나 별다른 소득이 없는 상황입니다.

경인고속도로에 나타난 거북이 형태의 새로운 몬스터는 그 크기가 싸이클롭스보다도 훨씬 컸다. 높이만 따져도 5미터는 훌쩍 넘었으며 경인고속도로의 편도를 거의 꽉 막을 정도로 거대한 몸집을 자랑했는데 지금까지 등장한 몬스터들 중 그 크기가 가장 컸다.

싸이클롭스가 크기 약 5미터로 가장 큰 몬스터에 속했는데, 싸이클롭스는 거대하기는 해도 날렵한 이미지를 갖고 있었다. 실제로 움직이면 굉장히 빨라 위압감을 내뿜는 몬스터였다. 그러나 거북이 형태의 이 몬스터는 이미지 자체가 '느림'에 집중되어 있어서 느리고 거대한 느낌이었다.

한 시간에 이동하는 거리는 약 5미터. 이만하면 그냥 느린 수준이 아니라 그냥 멈춰 있다고 해도 좋을 정도였다.

고속도로 편도를 완전히 가득 채운 덕분에 극심한 교통 정체가 이루어지고 있는 중이었고 지금은 아예 고속도로를 못 쓰게 됐다.

처음 몬스터가 나타났을 때엔 모두 공포에 빠져들었지만 지금은 오히려 슬레이어들이 몰려들고 있는 추세였다.

현석은 고개를 갸웃했다.

"인간에게 적대심을 갖지 않은 몬스터라니……."

여태껏 나타난 몬스터들은 모두 인간에게 상당한 적개심을 보였다. 인간을 보면 일단 공격부터 하고 보는 경우가 대부분이었다.

그런데 이 녀석은 아니었다. 민서는 인터넷을 통해 열심히 검색을 해봤는지 자못 진지한 얼굴로 설명했다.

"적대심을 갖지 않은 게 아니라……. 완전히 겁쟁이래 오빠."

"응."

사실상 이동 속도 자체는 더 빠르다고 한다. 그러나 슬레이어들이 몰려들어 공격을 해대고 있는 통에 제대로 이동을 못 하고 있단다. 지금에 이르러서는 한 시간에 몇 ㎝ 수준으로 움직이고 있단다.

"공격을 받으면 무섭다고 등껍질 속으로 숨는다나 봐."

거북이 몬스터는 딱히 공격 수단을 갖고 있지 않은 듯했다. 물론 크기가 워낙에 거대하다 보니까 걷는 것 자체만으로도 위협이 될 수도 있었지만 움직임 자체가 지나치게 느려서 딱히 위험하지 않단다.

보통의 경우 반대편에서 걸어오는 사람과 정면으로 부딪치는 일은 거의 없다. 술에 취했다거나 딴 곳에 정신이 팔려 있지 않다면 말이다.

거북이 몬스터의 움직임은 굉장히 느리기 때문에 애초에 몬스터의 발에 깔리려면 깔릴 자리를 예측해서 일부러 누워 잠을 자고 있지 않은 이상에야 거의 불가능한 수준이라고 한다.

민서는 새로운 몬스터의 등장에 완전히 흥분한 듯 말이 조금씩 빨라지고 침도 살짝 튀었다.

"머리 바로 위까지 발바닥이 와도 피할 수 있대 오빠."

"그 정도로 느리다고?"

그 움직임이 어쩌나 느린지 거북이 몬스터의 발이 바로 머리 위까지 온 상황에서도 피할 수 있단다. 심지어 뛰지 않고 옆으로 떼굴떼굴 구르기만 해도 피할 수 있는 수준이라니 얼마나 느린지 짐작할 수 있을 정도였다.

'위험하지는 않은 몬스터……'

전국 각지에서 슬레이어들이 몰려들고 있는 이유가 여기에 있었다. 한국의 슬레이어가 대략 1만 명 정도로 파악되고 있는 와중에 벌써 700명 가까이 몰려들었다니 대단한 수치라고 할 수 있겠다. 전체 구성원의 10퍼센트 좀 안 되는 인원이 경인고속도로에 몰리고 있는 상황이니 말이다.

하지만 숫자가 많다고 해서 무조건 좋은 게 아니다.

'방어력 100짜리를 공략하는 데에는 공격력 1짜리 101명보다 공격력 101짜리 1명이 훨씬 나아.'

공격력 1을 가진 슬레이어 101명이 완전 동시타격을 계속해서 할 수 있다면 방어력 100의 몬스터를 무너뜨릴 수 있다. 그러나 그건 현실적으로 불가능한 얘기다. 공격력 101의 슬레이어가 공략하는 것이 훨씬 더 낫다.

그런데 그렇다고는 해도, 거북이 몬스터가 처음 등장한 이후부터 슬레이어들이 계속해서 공격을 퍼붓고 있는데 실드의 게이지가 단 1퍼센트도 깎이지 않았다는 건 놀라운 일이긴 했다.

'싸이클롭스에게도 현대 무기는 거의 통하지 않았어.'

비록 시가전이기는 했지만 싸이클롭스의 실드는 현대 무기에 굉장히 강력한 내성을 지니고 있었다.

물론 노멀 모드의 규격을 뛰어넘은 규격 외 버그 몬스터이기는 했으나 싸이클롭스는 방어력이 굉장히 약했던 몬스터라는 것도 배제할 수는 없었다.

그에 반해 이 몬스터의 경우는 방어력 자체가 엄청나게 높아 보였다.

'그렇다면 이 거북이에게도 통하지 않을 가능성이 높아.'

그래서 정부는 아직까지 군대를 내보내지 않고 있는 것이리라. 심지어 고속도로 위다.

파괴되면 손해가 이만저만이 아니다.

'슬슬 우리도 움직일까?'

사실상 요 며칠 현석이 슬레잉을 떠나지 않은 것은 이명훈의 부탁 때문이었다. 이명훈은 현재 전국을 돌아다니면서 '히든 던전' 그러니까 노멀 모드의 던전을 찾는 데 혈안이 되어 있었는데 조만간 찾을 수 있을 것 같으니 대기해 달라고 부탁했기 때문이다.

명훈의 말로는, 일단 슬레이어에게 발견이 되면 그 던전은 더이상 히든 던전이 아니게 된단다. 그러니까 이지 모드에서처럼 누구나가 쉽게 볼 수 있는 던전이 된단다.

그래서 발견 즉시 클리어를 하는 게 가장 효율적이라고 했다. 힘겹게 발견해 놨는데 그사이 다른 길드원이 클리어해 버리면 손해가 이만저만이 아니니까.

그런데 아직까지 연락이 없는 것으로 보아 거북이 몬스터 슬레잉에 참여해도 될 것 같았다. 게다가 위험하지도 않은 몬스터라니 이보다 좋은 슬레잉 상대가 어디 있으랴.

방어력이 그렇게 뛰어나다면 힘 조절을 연습하기에도 좋을 테고 말이다.

'사실상 슬레잉을 하다가 이동해도 되는 문제고.'

*   *   *

거북이 몬스터를 공격하는 슬레이어들의 숫자가 점점 줄어들었다.

"아무리 쳐 봐야 흠집도 안 나는데 쳐서 뭐하냐……. 차라리 이 시간에 수사슴이라도 잡는 게 낫겠다."

"시간 낭비, 힘 낭비지."

계속해서 공격을 퍼부어대던 슬레이어들이 이젠 지쳐서 슬슬 빠지게 됐다. 새로운 슬레이어가 유입되는 속도보다 기존의 슬레이어가 빠져나가는 속도가 더 빨랐다.

천 명에 가까운 슬레이어들이 계속 공격을 퍼부었는데도 H/P는커녕 실드 게이지의 1퍼센트도 깎지 못했으니 슬레잉이 불가능하다는 걸 깨달은 것이다. 그에 반해 슬레이어들의 질은 조금씩 높아졌다.

〈골드 등급 이상의 슬레이어, 한국 내 약 100여 명으로 추산.〉

〈현재 거북이 몬스터를 슬레잉하고 있는 슬레이어의 수는 약 300여 명. 감소 추세!〉

애초에 식견이 있고 실력이 있는 슬레이어들은 한 발자국 떨어져 있던 상황이었다. 그들은 진작에 상황을 파악했다.

아무리 공격해 봐야 흠집 하나 나지 않고 있다. 그러면 미리 나서서 힘을 뺄 필요가 없다. 차라리 엘리트 급의 슬레이어들이 모여서 일시에 공격을 집중하는 편이 낫다.

여기서 엘리트 급이란 유니온이 말하는 골드 등급과 얼추 비슷하다고 보면 됐다.

골드 등급이라 함은 한국 내에 약 100여 명밖에 없는 등급으로, 전체 1만여 명 중에서 1퍼센트 안에 드는 엘리트를 뜻한다.

분야가 뭐가 됐든 1퍼센트 안에 든다는 건 엄청나게 어려운 일이고 1퍼센트 안에 들었으면 상당한 엘리트라는 뜻이다.

골드 등급의 슬레이어들이 모여들고 일반 슬레이어들이 빠져나가면서 슬레잉에 참여하는 슬레이어의 숫자는 300여 명이 되었다가 계속해서 줄어서 이제는 200여 명이 됐다. 그리고 그 200명 속에 현석도 포함되어 있었다.

'실드가 엄청나게 단단하긴 하구나.'

실드가 단단한 것도 단단한 것이고, 재생력도 굉장히 뛰어났다. 아직 현석이 전력을 다하지는 않았지만 그래도 여태껏 만나본 몬스터들 중 방어력은 가히 최고라 할 수 있었다.

때릴 때마다 손목과 발목이 시큰시큰한 것이 반탄력도 제법 강한 듯했다. 현석의 공격력이 워낙에 강하다 보니 반탄력도 상당히 크게 돌아오는 듯했다.

'노멀 모드에 들어서면서… 몬스터의 반탄력이 사라진다는 가정은 틀린 말이었어.'

싸이클롭스 슬레잉 시 어쩌면 노멀 모드 이상의 몬스터를 잡을 때에 반탄력이 없을 수도 있다고 생각했었는데 그건 틀린 생각인 것 같았다.

그렇다면 새로운 가정이 생긴다. '일정 수준 이상의 방어력에 도달하게 되면 반탄력이 생긴다' 라는 가정이다. 현재로서는 이 가정이 가장 사실에 근접했다고 볼 수 있었다.

'무기를 사용하는 것도 고려해 봐야겠네.'

여태까지는 맨손, 맨발로도 수월하게 슬레잉이 가능했다. 싸이클롭스를 슬레잉할 때 처음 보험용으로 '바다를 받치다'를 사서 사용했었고 잡다 보니 무기는 필요 없었던지라 맨손으로 싸이클롭스를 슬레잉했는데 아무래도 이젠 무기를 하나쯤 다루는 것도 좋은 방법이라 생각됐다.

지금은 시험 삼아 툭툭 쳐 보는 중이다. 정말로 한 방에 세게 쳤다가는 오히려 이쪽이 싸이클롭스처럼 스턴이라도 걸릴 것 같았다. 이 때문에 힘 조절을 하면서 조금씩 힘을 올려 치기로 했다.

'슬슬 힘을 줘볼까?'

현석이 조금씩 몬스터를 치는 힘을 올리기 시작했다.

"오! 조금씩 실드 게이지가 떨어지고 있어!"

"좋아! 이대로만 가자!"

현석이 힘을 주기 시작하자 실드 게이지가 조금이나마 떨어지기 시작했다. 점점 더 힘을 줄수록 점점 더 빨리 줄어들었다. 물론 '빨리' 라는 건 어디까지나 상대적인 개념이었다.

일반적인 몬스터들이 '숨 쉬면 죽는 수준' 인데 이 몬스터의 게이지는 아주 조금, 정말로 아주 조금씩 떨어지는 중이었다.

'일단 무리하지 않는 게 좋겠어.'

어느 정도 시간이 지났을 때, 알림음이 들려왔다. 현석에게는 굉장히 반가우면서 생소한 알림음이었다.

[연속된 공격으로 인해 반복 숙달로 인정됩니다.]

[반복 숙달로 인해 무쇠주먹의 스킬 레벨이 상승합니다.]

[스킬이 생성됩니다.]

[스킬. Power Control이 생성됩니다.]

무쇠주먹의 스킬레벨이 상승했고 새로운 스킬 Power Control이 생성됐다. 알림음은 거기서 끝이 아니었다.

[일정 수치 이상의 반탄력을 받았습니다.]

[노멀 모드 규격을 초과하는 반탄력을 누적받은 것으로 판정됩니다.]

[매우 힘든 업적으로 인정됩니다.]

[보너스 스탯 +100이 주어집니다.]

[노멀 모드 규격을 초과한 스탯에 의한 페널티로 50퍼센트만큼 차감되어 지급됩니다.]

[스킬. Impact Control이 생성됩니다.]

노멀 모드 규격 이상의 반탄력을 받았단다. 그렇다면 이 거북이 몬스터 역시 노멀 모드를 뛰어넘는 몬스터라는 뜻일 가능성이 높았다.

일반적으로 노멀 모드의 몬스터라 하면 트롤이나 트윈헤드 트롤을 떠올리는 것이 일반적이었고 그에 비해 이 거북이 몬스터는 위험하지는 않지만 방어력이 엄청나게 강한 몬스터이긴 했으니까.

'확실히… 방어력이 지나치게 강하긴 하지. 노멀 모드 이상이 되면 규격 초과 몬스터가 계속해서 나타나는 건가?'

전체 몬스터의 숫자 중 비율로 보자면 0.0001퍼센트도 안 되긴 한다. 슬레이어의 숫자가 늘어나는 만큼 몬스터의 숫자도 조금씩 늘었다.

최하급 몬스터까지 포함해서 한국 내에는 현재 1억 이상의—사실 벌레형 최하급 몬스터가 여전히 압도적으로 많지만—몬스터가 있고 여태껏 노멀 모드의 규격을 뛰어넘는 몬스터는 단 2마리 나왔을 뿐이니까. 비율상으로만 보면 거의 안 나오는 수준이다.

다만 그 2마리가 압도적인 존재감을 갖고 있다 보니 괜히 많이 등장한 것 같은 기분이 들 뿐이다.

'노멀 모드의 규격을 뛰어넘는 반탄력을 받았다니. 시간이 도대체 얼마나 지난 거야? 게다가 이게 매우 힘든 업적? 다른 슬레이어들에겐 불가능한 일이라서 그런가.'

주위를 살펴보면 거북이 몬스터의 반탄력에 힘들어하는 슬레이어는 없어 보였다.

일정 수준 이상의 공격력으로 때리지 않으면 반탄력을 받지 않는 모양이었다.

'나만 가능하다, 이 소리네. 종원이도 어쩌면 가능할지도 모르겠어.'

매우 힘든 업적으로 인정되었다니 기분은 좋다. 보너스 스탯이 생성되었고 새로운 스킬이 생겼다.

애초에 현석의 경우는 반복 숙달을 하기 어려운 상황이었다. 그런데 거북이의 실드가 워낙 강하다 보니 반복 숙달이 인정되어 두 번째 스킬을 받았다.

그리고 일반적인 경우, 노멀 모드에서는 받을 수 없을 만큼의 거대한 반탄력이 누적된 결과로 인해 또 다른 스킬이 생겼다.

현석은 레이드도 잊고 얼른 스킬창을 열어보았다. 그리고 현석은 저도 모르게 비명 비슷한 소리를 냈다.

"이, 이게 뭐야?"

현석의 표정이 일그러졌다. 스킬이 무려 2개나 생겼음에도 불구하고 밝은 표정이 아니었다.

그사이 거북이 몬스터의 실드 게이지가 다시 100퍼센트로 차올랐다.

CHAPTER 14

현석이 이번에 얻게 된 스킬은 두 개다. 하나는 Power Control이고 하나는 Impact Contrtol이다. 그런데 현석은 그렇게 기뻐하지 못했다. 다른 설명보다도 페널티가 가장 먼저 눈에 들어왔기 때문이다.

〈스킬창〉

* Power Control(active) —lv.1

슬레이어의 공격력을 임의대로 조절 가능하도록 도와주는 스킬.

적용 가능 범위: −5%~−10%

지속 가능 시간: 660초

필요 MP: 120

페널티: 무기 사용 불가 (스킬 활성화/비활성화 시 동시 적용.)

* Impact Control(active) —lv.1

슬레이어에게 적용되는 반탄력의 크기를 임의대로 조절 가능하도록 도와주는 스킬.

적용가능 범위: −5%~−10%

지속가능 시간: 660초

필요 MP: 120

페널티: 방어구 사용 불가(스킬 활성화/비활성화 시 동시 적용.)

솔직히 말해서 좋은 스킬인지 전혀 모르겠다. 공격력을 임의대로 조절 가능하도록 도와준다는데 −5~−10퍼센트다. 즉, 공격력 감소만 주어진다는 거다. 그나마 임팩트 컨트롤의 경우는 반탄력을 줄여준다고는 설명이 써 있으나…….

'노멀 모드 규격 이상의 반탄력을 누적받은 것치고는 너무 약한 스킬인데? 필요 MP가 120밖에 안 들어가는 것도 그렇고.'

그것도 그렇고, 가장 커다란 문제는 다른 데 있었다.

'무기와 방어구 사용이 불가능하다고? 스킬이 왜 이따위야?'

아무리 좋게 생각해도 아이템 사용 불가는 치명적인 페널티였다. 어차피 현석이야 무기를 쓸 일이 거의 없지만 거북이 몬스터와 같이 방어력과 반탄력이 강한 몬스터를 슬레잉할 때에는 무기가 있는 게 좋다. 방금도 그런 생각을 하지 않았던가.

그런데 그 생각을 비웃기라도 하듯 이런 스킬이 생겨 버렸다. 아이템 사용이 불가하단다. 일반 슬레이어에게 이런 스킬이 생긴다면, 그 슬레이어는 자살할지도 모른다. 공격력을 마이너스로 조절하게 해주면서 페널티로는 무기사용 불가라니. 현석이 아닌 일반 슬레이어였다면 이건 스킬 축에도 못 끼는 쓰레기 스킬이었다.

이상하기는 했다.

'아무리 생각해 봐도 노멀 모드 규격을 뛰어넘은 반탄력을 누적받아 생긴 스킬치고는 지나치게 빈약해. 뭔가 내가 알지 못하는 숨겨진 게 있기라도 한 건가?'

혹시나 싶어 인벤토리를 활성화시켜 '바다를 받치다'를 착용해 보려고 했으나 착용 불가라는 알림음이 들려왔다.

스탯을 무려 30개나 소비해서 산 아이템이다. 현석 입장에서야 30개는 조금 아까운 수준이지만 일반 슬레이어들에게는 그야말로 엄청난 양이다. 그런 아이템을 쓸 수 없게 된 것이다.

현석은 새로운 스킬에 대한 관찰과 평가를 마치고서 다시 거북이 몬스터에게 집중하기로 했다. 잠시 한눈판 사이에, 실드 게이지가 다시 100퍼센트까지 차올라 있었다.

'어마어마한 재생력과 실드력이구먼.'

현석은 힘 조절에 노력을 해야만 했다. 무조건 세게 때린다고 좋은 게 아니었다. 거북이 몬스터처럼 강한 반탄력을 가지고 있는 경우, 공격력은 커지면서 반탄력은 작아지는 지점을 찾아야만 했다. 그게 가장 효율적인 공격법이었다.

'이럴 땐 지겨워도 노가다가 최고지. 언제 또 이런 기회가 오겠어?'

노가다를 시작했다. 어차피 MP도 120밖에 들지 않는다. 딜레이 타임도 그리 길지 않아서 스킬을 사용했다가 없앴다가 다시 또 사용했다가 없앴다가를 반복하며 거북이 몬스터를 공격했다.

[반복 숙달로 인정됩니다.]
[스킬. Power Control 의 레벨이 증가합니다.]
[스킬. Impact Control 의 레벨이 증가합니다.]

현석의 경우는 반복 숙달로 인해 스킬을 얻거나 스킬레벨을 올리는 것이 굉장히 힘들었다. 대부분의 몬스터가 원샷 원킬이어서 그랬다. 현석에게는 생소한 경험이라 약간 신이 났다.

처음에는 레벨이 빠르게 올랐다. 레벨 4까지는 빠르게 올랐는데 그 이후부터는 오르는 것 같지가 않았다.

그렇게 레벨을 올리는 재미를 느끼면서 조금씩 슬레잉에 참여했는데 어느새 실드 게이지는 30퍼센트가량이 깎여 나가 있었다.

이곳에 모인 150여 명—그사이 숫자가 줄었다—의 슬레이어들이 조금씩 희망을 갖기 시작했다. 답답해 미치는 줄 알았는데 이제 실드의 힘이 많이 약해진 모양이다.

"좋았어. 이대로만 가자고!"

"벌써 30퍼센트나 떨어졌어. 이제 우리의 공격이 먹히기 시작한 거야."

그들은 제법 실력에 자신 있는 이들이고 그런 이들이니만큼 이 상황이 답답했었다. 아무리 공격해도 대미지가 안 먹혔다. 그런 상황이 풀려가자 굉장히 기뻐했다. 착각은 깨지지 않았을 때에 행복한 법이다.

그와는 별개로 현석은 묵묵히 노가다를 이어갔다.

'4레벨 이상은 스킬업 속도가 굉장히 느리군.'

임팩트 컨트롤의 레벨이 높아지면서, 반탄력의 세기가 약해졌다. 덕분에 공격을 더 강하게 할 수 있었고 공격을 더 강하게 하자 더 큰 반탄력이 되돌아오고 또 그것에 익숙해지면서 스킬 레벨이 증가한 것이다.

이런 페이스로 간다면 얼마 지나지 않아 거북이 몬스터의 실드를 깨뜨릴 수 있을 것 같다는 생각이 들었다. 거북이 몬스터의 실드는 점점 약화되고 있는데 현석의 공격력은 점점 더 강화되고 있는 셈이니 말이다.

그런데 그때 유니온 측으로부터 연락이 왔다.

*　　　　　*　　　　　*

현석이 거북이 몬스터 슬레잉에 바로 참여하지 않았던 건 이명훈의 부탁 때문이었다. 히든 던전을 발견했을 때, 바로 클리어하기 위해 대기를 하고 있던 중이었다. 사실상 거북이 몬스터를 슬레잉하고 있는 슬레이어가 너무 많아서 참여를 꺼리기도 했었고.

이명훈은 보조 슬레이어 한 명을 데리고 던전을 탐색하던 중이었다. 보조 슬레이어와 회복 슬레이어는 전투 슬레이어보다 몸값이 더 높다. 그 수가 전투 슬레이어보다 적기 때문이다. 그래서 보조 및 회복 슬레이어는 따로 길드를 만들어 운영하면서 의뢰를 맡아 참여하는 일이 점점 늘어나고 있는 추세였다.

그렇게 운영을 하게 되면 의뢰비를 받는 것은 물론이고 슬레잉 보상도 1/N로 나누게 되니 이중 수입이 발생하는 셈이었으니까. 보조나 회복 슬레이어가 포함되지 않은 많은 길드에서는 울며 겨자 먹기로 보조 및 회복 슬레이어를 고용하여 슬레잉에 나서는 형국이었다.

그런 보조 슬레이어로만 이루어진 길드인 '서포트'에서 유니온에 연락을 취했다.

"서포트요?"

―예, 보조 슬레이어로만 이루어진 용병 형식의 길드입니다. 이번에 인하 길드에 소속된 이명훈 씨와 함께 던전 탐색에 나선 것으로 알고 있습니다.

"예, 그렇군요."

―그런데…….

서포트가 바로 현석의 연락처를 알 수는 없었다. 다만 유니온과 연계되어 있기 때문에 연락이 가능했다.

―그런데… 얼마 전에 연락이 두절되었다고 합니다. 혹시 이명훈 씨와 연락이 이어지고 있나요?

"어제까지는 연락이 됐었는데……."

현재 이명훈과 함께 던전 탐색에 나선 길드원 한 명의 연락이 끊겨 버렸단다. 현석도 그 연락을 받고서 명훈과 전화 통화를 시도했지만 명훈은 연락을 받질 않았다. 서포트 측의 말을 들어보니 갑자기 비명 소리와 함께 연결이 끊어졌다고 했다.

띠― 띠―

통화음이 계속해서 이어질 때마다 현석 역시 조금씩 초조해지기 시작했다. '거북이 몬스터의 실드 게이지가 다시 차고 있어!', '제기랄!' 과 같은 말들이 들려오기는 했으나 현석은 거기에 신경 쓸 겨를이 없었다.

한쪽에선,

"이런 미친 좆같은! 왜 다시 실드 게이지가 차는 거야!"

"여태까지 잘해왔는데 갑자기 왜 이러는 겁니까? 모두 힘을 좀 내자고요!"

또다시 차오르는 실드 게이지 때문에 화가 난 슬레이어들이 울분을 토해내는 중이었다.

하종원이 흥분하며 말했다. 어떻게 보면 이성을 약간 잃은 것 같기도 했다. 마치 가족이 있는 원주에 싸이클롭스가 나타났다는 말을 들었을 때의 현석처럼.

"야! 무슨 생각을 그렇게 하는데! 빨리 움직여야지! 길드원이 실종됐다는데!"

그나마 현석은 양호한 상태였다. 아무리 명훈이 같은 길드원이라고는 해도 아직 그렇게까지 깊은 관계는 아니었고 이성을 잃을 정도까지는 아니었기 때문이다. 그런데 하종원은 달랐다. 눈이 시뻘게져서는 지금 당장에라도 찾으러 가야 한다며 목소리를 높였다.

'마지막으로 위치가 확인된 곳이……'

마지막 위치는 확인이 가능했다.

던전이 발견되면 바로 이동할 수 있도록 실시간으로 그의 위치를 GPS를 통해 확인하고 있었으니까.

'히든 던전을 발견하면 파티원 전체에게 업적 보상 알림이 뜰 가능성이 높아. 던전에 관련해선 파티 시스템이 활성화된 상태니까. 그런데 알림음이 없었어. 그렇다는 말은 위험한 몬스터와 마주했을 가능성이 가장 높아.'

지금으로서는 위험한 몬스터와 조우했다는 가설이 가장 그럴듯했다. 현석은 그 사실을 바로 유니온 측에 알렸다.

한국 유니온에 있어서 현석은 '알아 모셔야 할' 존재다. 그 어떤 일보다도 현석과 관련된 일을 우선시하자는 것이 성형의 방침이었고 유니온의 간부들도 현석의 중요성에 대해 잘 알고 있기에 모두 동의한 상태였다.

현석의 요청에 한국 유니온은 숨 가쁘게 움직였고 대대적인 탐색 활동에 대한 공고를 전국의 슬레이어들에게 내보냈다. 또한 정부의 도움을 얻어 현석이 타고 이동할 헬기도 마련해 주었다.

"그 말 들었어? 이번에 어떤 탐색 슬레이어가 실종됐다는데 유니온에서 포상금 10억을 내걸었대."

"근데 위험한 몬스터가 있을 확률이 매우 높기 때문에 웬만하면 골드 등급 이상의 슬레이어만 참여하라고 권고했다던데."

"그래도 10억이면 한번 할 만하지 않나? 그래 봤자 탐색인데……."

"웃기지 마. 만약에 싸이클롭스라도 있어봐. 그냥 죽는 거야.

차라리 오크 10마리를 사냥하고 말지."

확실하지는 않지만, 현석의 예상에 따르면 아마 위험한 몬스터가 있을 확률이 높았다. 트윈헤드 트롤을 가장 먼저 발견한 것도 명훈이었고 정황상 그럴 확률이 높았다. GPS 장치도 그 때문에 망가졌을 확률이 높았다.

'살아만 있어라.'

명훈은 원래 전투 슬레이어였다. 트윈헤드 오크까지는 무리여도 오크 정도는 솔로잉이 가능했다.

그 이상급 몬스터를 만나면 도망치면 된다. 그러니 여태까지 연락이 되고 있지 않다는 건 확실히 적신호라 할 수 있었다.

유니온의 공지에 골드 등급 슬레이어들이 경기도 진천산 부근에 몰려들었다.

사실상 '몰려들다'라고 하기엔 빈약한 숫자인 30여 명이지만 그래도 한국 내에 100명 정도밖에 없는 슬레이어 중 1/3이 집결했다는 건 가벼운 일은 아니었다. 골드 등급쯤 되면 현석에 대해 어느 정도 알고 있게 마련이다.

현석의 길드원이 실종되었다. 그들 중 대부분은 포상금 10억 따위(?)보다도 현석에게 빚을 지우기 위해 움직였다고 보는 게 맞았다.

정부는 한국 유니온의 요청을 받아 군견과 위성까지 동원해 가면서 실종된 이명훈을 찾으러 노력했다. 현석 역시 진천산을 샅샅이 뒤졌다. 그러나 위험한 몬스터의 흔적은커녕 던전도 보이지 않았다.

'위험한 몬스터가 나타났다면……. 이렇게 조용할 리가 없어.'

이제 다른 가능성도 열고 생각해야 했다.

'갑자기 던전에 갇혔다면…….'

원래 던전에 입성하는 것에는 슬레이어의 동의가 필요하다. 그러나 그게 무조건적인 법칙은 아니다. 말 그대로 강제 입성되는 던전이 있다고 한다면 지금의 상황이 이해가 된다.

하종원의 말을 들어보니 명훈은 '상급 탐색'을 익혔다고 한다. 사실상 아직 트랩퍼라는 클래스가 있는지도 모르는 사람이 많은 상황에서 '상급 탐색'까지 익혔다 함은 트랩퍼 중에서도 상당히 높은 경지에 이르렀다는 소리다.

'그렇다면 상급 탐색을 익힌 슬레이어를 찾으면……. 히든 던전을 찾을 수도 있어.'

현석은 곧바로 유니온에 연락을 넣었고 유니온은 또다시 상급 탐색을 익힌 트랩퍼를 수소문하기 시작했다. 확실히 이명훈이 괴짜는 괴짜였다. 아직까지 상급 탐색을 익힌 트랩퍼가 없었다. 상황을 어느 정도 알게 된 트랩퍼들이 진천산 부근을 샅샅이 뒤졌지만 역시 던전은 발견되지 않았다.

그러던 차, 예전 슬레잉을 같이 했었던 교란형 슬레이어 이채림에게서 연락이 왔다.

―저 기억하시죠?

기억하고 있다. 예전에 오크를 같이 슬레잉할 때, 임시 팀을 꾸렸었다. 레이피어처럼 얇은 검을 사용하며 민첩 위주의 스탯을 지니고 있던 슬레이어였다. 홍세영과 비슷한 스타일이라고 할 수 있겠다.

말을 들어보니 트랩퍼로 전직한 모양이다. 거기엔 현석의 존재가 큰 영향을 끼쳤단다. 현석을 보고 격의 차이를 실감했고 차라리 다른 길을 찾아보자 하여 잔여 스탯을 모아놓고 고민하던 중 트랩퍼로 전직하게 됐단다.

―아직 상급 탐색을 익히지는 못했어요. 그런데 제게 방법이 있어요. 물론 현석 씨의 동의가 필요하겠지만.

현석이 얼른 동의했다.

"무슨 방법이죠?"

*　　　　*　　　　*

플래티넘 슬레이어의 힘은 생각보다 막강했다. 한국 유니온을 움직였고 나아가 한국 정부까지 움직였다.

슬레이어 한 명을 찾기 위해서 군을 비롯하여 골드 등급의 슬레이어들까지 움직였다. 정작 현석은 그러한 것까지 캐치하고 있지는 못했지만 말이다.

모든 건 현석을 끔찍이(?) 생각하고 있는 유니온 측과 플래티 넘 슬레이어의 중요성을 인지하고 있는 정부, 그리고 어떻게든 현석과 끈을 만들어보고 싶은 슬레이어들이 자발적으로 나서 서 이뤄졌다.

그 플래티넘 슬레이어가 이번에는 트랩퍼를 수소문하고 있단 다. 탐색스킬을 많이 익힌 트랩퍼를 찾고 있었는데 그중 한 명 이 바로 이채림이었다. 이채림은 원래 민첩 위주의 교란형 슬레 이어였는데 기민한 움직임이 가능한 덕분에 트랩퍼에 어울리는 스타일의 전투 슬레이어였었다.

그리고 현석은 거북이 몬스터를 잡아서 포인트를 얻기로 했 다. 싸이클롭스만큼 위험한 몬스터는 아니었지만 거북이 몬스 터는, 일반 슬레이어들은 공략하기가 거의 불가능한 몬스터라 고 볼 수 있었다. 방어력이 약한 싸이클롭스의 실드도 제대로 깨지 못하던 슬레이어들이다. 거북이 몬스터의 실드를 깰 수 있 을 리 만무했다. 그런 의미에서, 위험하지는 않지만 슬레잉이 거 의 불가능에 가까운 몬스터라고 볼 수 있겠다.

이채림이 말했다.

"저는 거북이 몬스터의 약점을 알아요."

"약점이요?"

"네, 물론 아시겠지만 트랩퍼의 스킬 중에서 탐색스킬이 있어 요. 저는 던전 탐색보다도 오히려 전투에 도움이 되는 트랩퍼가 되려고 했었죠. 이것까지 아실지는 모르겠지만… 탐색스킬의 레벨이 8 이상 되면 몬스터의 약점이 보이거든요."

그녀는 거북이 몬스터의 약점을 찾아냈다고 한다. 레벨 8이 넘으면 몬스터의 약점까지 보인단다. 그 말은 즉, 적어도 이채림이 레벨 8은 넘었다는 소리다.

상위 급이라 자부하는 700여 명의 슬레이어들이 몰려들었음에도 불구하고 거북이 몬스터의 약점을 찾지 못했다. 그런데 이채림은 찾아냈다.

다른 말로 하자면 이채림은 이명훈을 제외하고 현재 상급 탐색에 가장 근접한 탐색 슬레이어라는 뜻도 됐다.

아마도 거북이 몬스터를 잡게 되면 업적보상이 주어질 거다. 그리고 필드 몬스터이니만큼 업적은 공유가 될 거고, 채림은 그렇게 해서 얻게 된 포인트 전부를 탐색스킬에 투자하겠다고 약속했다.

채림이 말했다.

"정확히 중앙은 아니에요. 중앙 부근인데……. 예전 위성사진으로 본 적이 있는데 정가운데 주변의 껍질 색깔이 약간 더 짙어요. 그 그 색깔이 다른 부분이 약점이에요."

현석은 고개를 끄덕였다.

'방어력이 조금 약해지고 반탄력만 조금 약해지면 수월하게 잡을 수 있는 몬스터야.'

어차피 그리 위험한 몬스터도 아니었다. 문제는 어떻게 거북이 몬스터의 등 위로 올라가느냐다. 힘이 아무리 세고 균형 감각이 좋은 사람이라고 해도 빌딩 위를 맨몸으로 올라가는 건 또 다른 문제다.

거북이 몬스터는 높이가 5미터가 넘는다.

'점프해서 올라가 볼까?'

불가능할 것 같진 않았다. 그런데 그렇게 높이 뛰어본 적이 없어서 조금 불안하긴 했다.

'아니지. 그냥 사다리 놓고 올라가자.'

쉽게 쉽게 가기로 했다. 워낙에 느려터진 움직임을 갖고 있는 몬스터라 사다리를 타고 올라가도 될 것 같았다.

〈플래티넘 슬레이어. 거북이 몬스터 솔로 슬레잉 도전.〉

〈싸이클롭스를 솔로로 슬레잉한 슬레이어. 이번엔 과연?〉

〈상급 슬레이어들을 진천산으로 모이게 한 건 이번 솔로잉을 위한 수작인가!〉

플래티넘 슬레이어가 거북이 몬스터를 슬레잉한다는 사실이 알려졌다. 그와 함께 음모론도 떠돌았다.

플래티넘 슬레이어가 거북이 몬스터를 혼자서 쉽게 잡기 위해 일부러 있지도 않은 행방불명자를 만들어내고 슬레이어들을 진천산으로 움직이게 한 다음, 스스로 슬레잉에 나섰다는 음모론이었다.

정황상 그럴듯한 이야기인지라 인터넷상에서는 벌써 그게 진실인 양 떠드는 사람이 제법 많았다.

그러나 현석은 그것까지는 알 수 없었다. 현석은 실제로 사다리를 하나 공수해 와서 등껍질 위로 올라가 중앙 부근의 등껍질을 찾았다.

거북이 몬스터의 등껍질은 육각형 형태이며 색깔이 약간 다르다고 했다.

현석이 공격을 시작했다.

쿵! 쿵! 쿵! 쿵!

파워 컨트롤 덕분에 힘 조절이 용이해졌고 임팩트 컨트롤 덕택에 반탄력이 줄어들었다. 게다가 약점을 공략하고 있다. 공격력과 반탄력을 모두 고려해서 가장 효율적인 지점을 찾아 계속해서 두드렸다.

거북이 몬스터의 실드가 점점 줄어들었다. 플래티넘 슬레이어의 등장에 상황을 지켜보던 슬레이어들이 이때다 싶어 달려들었다.

주변에서 대기하고 있던 슬레이어들은 약 100여 명 정도로 추산됐다. 원래의 숫자보다 많이 빠진 숫자였다.

실드 게이지가 빠르게 줄어들기 시작했다. 물론 현석이 공격할 때에 한해서 그 게이지가 줄어들었다. 다시 말해 지금 달려들고 있는 슬레이어들은 별 도움이 안 된다는 뜻이었다. 그래도 아직까지 던전이 아닌 일반 필드에서의 슬레잉에서의 보상은 1/N 분배가 관행적으로 이루어지고 있었고 업적을 세움으로 인한 스탯 포인트를 받을 수 있기 때문에 이들은 필사적으로 들러붙었다.

현석도 그들을 굳이 만류하지는 않았다. 지금은 이명훈이 실종된 상태다.

저들이 얌체 같은 건 사실이고, 저들의 기여도가 한없이 0에 수렴한다는 것도 알고 있지만 저들과 실랑이를 벌이느니 차라리 빨리 슬레잉해서, 빨리 떠나는 게 낫다.

이윽고 실드가 깨져 나갔다. 실드가 깨짐과 동시에 등껍질이 조금씩 갈라지더니 부서지기 시작했다. H/P 감소만 있는 게 아닌 듯했다.

중심을 제대로 잡지 못한 현석은 밑으로 쿵! 떨어져 내렸다. 머리부터 떨어졌는데도 H/P는 감소하지 않았다. 그 정도 충격은 현석의 방어력에 흠집도 못 낸다. 방어구를 제외해도 현석의 방어력은 5만에 가까웠다.

그래도 깜짝 놀라긴 했다. 아프진 않지만 현석은 괜스레 머리가 지끈거리는 것 같은 느낌이 들어 머리를 만지작거리면서 일어섰다.

거북이의 등껍질이 갈라지는, 쩌적 쩌적 소리가 들려오고 얼마 지나지 않아 슬레이어 중 한 명이 다급하게 외쳤다.

"피, 피해!"

생각하지도 못했던 커다란 문제는 그때 발생했다.

『올 스탯 슬레이어』 3권에 계속…

초대형 24시 만화방

신간 100%, 샤워실, 흡연실, 수면실(침대석), 커플석, 세탁기 완비

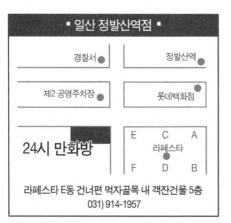

■ 일산 정발산역점 ■

경찰서
정발산역
제2 공영주차장
롯데백화점
24시 만화방
E　C　A
라페스타
F　D　B

라페스타 E동 건너편 먹자골목 내 객잔건물 5층
031) 914-1957

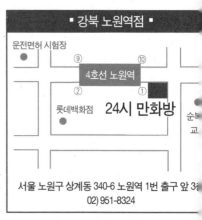

■ 강북 노원역점 ■

운전면허 시험장
⑨　⑩
4호선 노원역
②　①
롯데백화점　24시 만화방
순ㅌ
교

서울 노원구 상계동 340-6 노원역 1번 출구 앞 3ᄎ
02) 951-8324

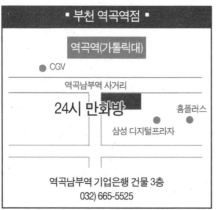

■ 부천 역곡역점 ■

역곡역(가톨릭대)
CGV
역곡남부역 사거리
24시 만화방　홈플러스
삼성 디지털프라자

역곡남부역 기업은행 건물 3층
032) 665-5525

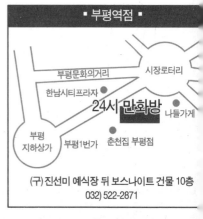

■ 부평역점 ■

부평문화의거리　시장로터리
한남시티프라자
24시 만화방　나들가게
부평　춘천집 부평점
지하상가　부평1번가

(구)진선미 예식장 뒤 보스나이트 건물 10층
032) 522-2871

우각 新무협 판타지 소설

북검전기

Book Publishing CHUNGEORAM

유행이 아닌 자유추구 -
WWW.chungeoram.com

네르가시아 장편 소설
FUSION FANTASTIC STORY

THE MODERN
MAGICAL SCHOLAR

현대 마도학자

나르서스 제국의 전쟁영웅이자
마나코어를 개발한 천재 마도학자 카미엘!

그러나 제국의 부흥을 위한 재물이 되어
숙청당하는데……

『현대 마도학자』

죽음 끝에 주어진 또 다른 삶.
그러나 그에게 남겨진 것은 작은 고물상이 전부였다.

더 이상의 밑은 없다!
마도학자의 현대 성공기가 시작된다!

Book Publishing CHUNGEORAM

PERFECT GAME

박선우 장편 소설
FUSION FANTASTIC STORY

퍼펙트
게임

고통과 좌절의 시간들을 뛰어넘어
불사조처럼 일어나 세계를 제패한 사나이의 일대기.

대한민국을 넘어 메이저리그를 평정하며
명예의 전당에 헌정된 언터처블 투수, 이강찬.

강철 같은 어깨에서 뿜어져 나오는 그의 패스트볼은
무적이었으며 야구계에 길이 남을 **신화**였다.

야구만을 사랑했던 고독한 사나이.
그의 *퍼펙트게임*이 이제 시작된다!

Book Publishing CHUNGEORAM

가프 장편 소설

관상왕의
1번룸

FUSION FANTASTIC STORY

거대한 도시의 그늘에서 벌어지는
짜릿하고 통쾌한 이야기!

『관상왕의 1번룸』

텐프로의 진상 처리 담당, 홍 부장.
절망적인 삶의 끝에서 만난 남국의 바다는
그를 새로운 인생으로 인도하는데…….

쾌락을 원하는 거부, 성공에 목마른 사업가,
그리고 실패로 절망한 사람들이여.

여기, 관상왕의 1번룸으로 오라!

Book Publishing CHUNGEORAM

유행이 아닌 자유추구 -
WWW. chungeoram.com

현대 소환술사

THE MODERN SUMMONER

FUSION FANTASTIC STORY

현윤 퓨전 판타지 소설

하늘이 무너져도 솟아날 구멍은 있다!

드래곤의 실험으로 모진 고난을 겪어야 했던 레비로스!
우여곡절 끝에 소환술사가 되어 최강의 자리에 오르지만
운명은 그를 나락으로 떨어뜨린다.

『현대 소환술사』

다시 한 번 주어진 삶!
그러나 그마저도 암울하기 그지없는데……

소환술사 레비로스의
인생 역전이 시작된다!

Book Publishing CHUNGEORAM